DIE KNICKERBOCKER BANDE

Thomas C. Brezina

DIE RACHE DER ROTEN MUMIE

Krimiabenteuer Nr. 17

Mit Illustrationen von Jan Birck

Ravensburger Buchverlag

DIE KNICKERBOCKER BANDE

STECKBRIEFE

HALLO,
ALSO HIER MAL IN KÜRZE
DAS WICHTIGSTE ÜBER UNS:

POPPI

NAME: Paula Monowitsch
COOL: Tierschutz
UNCOOL: Tierquäler, Angeber
LIEBLINGSESSEN:
Pizza (ohne Fleisch,
bin Vegetarierin!!!)
BESONDERE KENNZEICHEN:
bin eine echte Tierflüsterin –
bei mir werden sogar Pitbulls
zu braven Lämmchen

DOMINIK

NAME:
Dominik Kascha
COOL: Lesen, Schauspielern
(hab schon in einigen Filmen und
Theaterstücken mitgespielt)
UNCOOL: Erwachsene, die einen bevormunden
wollen, Besserwisserei (außer natürlich, sie kommt
von mir, hähä!)
LIEBLINGSESSEN: Spaghetti
(mit tonnenweise Parmesan!)
BESONDERE KENNZEICHEN:
muss immer das letzte Wort haben und kann so
kompliziert reden, dass Axel in seine Kappe beißt!

AXEL

NAME: Axel Klingmeier
COOL: Sport, Sport, Sport (Fußball und vor allem Sprint, bin Schulmeister, habe sogar schon drei Pokale gewonnen)
UNCOOL: Langweiler, Wichtigtuer
LIEBLINGSESSEN: Sushi … war bloß'n Witz (würg), also im Ernst: außer Sushi alles! (grins)
BESONDERE KENNZEICHEN: nicht besonders groß, dafür umso gefährlicher (grrrrrr!)

LILO

NAME: Lieselotte Schroll (nennt mich wer Lolli, werde ich wild)
COOL: Ski fahren, Krimis
UNCOOL: Weicheier, Heulsusen
LIEBLINGSESSEN: alles, was scharf ist, thailändisch besonders
BESONDERE KENNZEICHEN: blond, aber unheimlich schlau (erzähl einen Blondinenwitz und du bist tot …)

Bibliografische Information der Deutschen Nationalbibliothek:

Die Deutsche Nationalbibliothek verzeichnet diese Publikation
in der Deutschen Nationalbibliografie.
Detaillierte bibliografische Daten sind im Internet über
http://dnb.d-nb.de abrufbar.

1 2 3 12 11 10

Umschlagillustration: Jan Birck
Printed in Germany
ISBN 978-3-473-47162-1

www.ravensburger.de
www.thomasbrezina.com
www.knickerbocker-bande.com

INHALT

DAS UNTERIRDISCHE GRAB

„Wieso sollen wir da hinuntergehen?“, fragte Poppi ängstlich. Das Mädchen warf einen zweifelnden Blick auf die morsche, wenig Vertrauen erweckende Holztreppe, die in einen ungefähr fünf Meter tiefen Schacht führte. Der Taxifahrer, der neben seinem alten, klapprigen Wagen stand, zuckte mit den Schultern.

Dominik beugte sich vor und schaute prüfend in das Loch im Boden. Am Ende der Treppe schien ein eckiger gemauerter Gang zu beginnen. „Es könnte sich um ein unterirdisches Grab handeln, derer in Ägypten verschiedenste zu finden sind!“, sagte er zu seinen Knickerbocker-Freunden Lieselotte, Axel und Poppi. Die drei stöhnten leise auf und schüttelten die Köpfe. Dominik konnte es sich nicht abgewöhnen, die einfachsten Dinge kompliziert auszudrücken!

„Mutter!“, radebrechte der Taxifahrer und deutete mit der Hand nach unten.

„Ist meine Mutter mit Professor Karloff in dem Gang?“, erkundigte sich Axel. Der Fahrer überlegte kurz und antwortete: „Mutter … Professor … warten!“

Axel wandte sich zu den anderen und meinte: „Meine Mutter hat mir geschrieben, dass sie Professor Karloff bei jeder Grabung begleiten muss. Hier, in der Umgebung von Luxor, ist der Professor auf riesige Grabanlagen gestoßen, von denen keiner gewusst hat. Mama und er werden sich bestimmt in dem Gang aufhalten. Deshalb sollte uns der Fahrer herbringen.“

Lilo zögerte noch. Für Axels Überlegung sprach das Licht, das in dem unterirdischen Gang brannte. Die Dunkelheit war erst vor einer halben Stunde hereingebrochen und die brennende Lampe war ein Beweis dafür, dass vor gar nicht langer Zeit jemand in den Schacht gestiegen war.

„Zu Lager!“, sagte der Taxifahrer und deutete auf das Gepäck der Knickerbocker-Bande. Lilo nickte ihm zu, worauf er sich hinter das Lenkrad schob und wegfuhr.

„Also dann los! Auf zu Frau Klingmayer und Professor Karloff!“, rief Lieselotte den anderen aufmunternd zu und stieg als Erste die schmale, roh gezimmerte Holztreppe nach unten.

Warme, stickige Luft empfing sie am Ende der Treppe. Der Tunnel, der vor ihnen lag, war mindestens drei Meter breit. Er war jedoch nicht so hoch, dass man hätte aufrecht stehen können. Ungefähr alle fünf Meter stand eine brennende Petroleumlampe und erhellte die glatten Wände des Ganges.

„Jeder schnappt sich eine Lampe!“, kommandierte Lilo. Sie wurde oft als Superhirn der Bande bezeichnet und Lilo machte diesem Spitznamen alle Ehre. „Wenn die Lampen brennen, gibt es in dem unterirdischen Grab genug Sauerstoff!“, ging es ihr durch den Kopf. Ein wenig Sorge bereitete ihr nur der Staub, der in der Luft lag. Er kratzte im Hals und machte das Atmen schwer. „Moment, stopp!“, überlegte Lieselotte. „Warum komme ich auf die Idee, dass in diesem Gang etwas nicht stimmen könnte?“

„Bist du angewachsen oder auf einen Kaugummi getreten und kleben geblieben?“, fragte Axel, der hinter ihr war.

„Blödmann“, fuhr Lilo ihn an und vertrieb das ungute Gefühl aus ihrem Kopf.

Sie packte eine Lampe, hielt sie mit ausgestrecktem Arm vor sich und tappte gebückt in den Tunnel. „Seid ihr sicher, dass wir uns hier in einem Grab befinden?", erkundigte sich Dominik nach einer Weile. Er ging als Letzter in der Reihe. Lilo brachte nur ein zustimmendes „Hm" heraus. Ihr war weiterhin unbehaglich zu Mute. Die niedrige Decke des Ganges schien sich zu senken. Lilo wurde den Eindruck nicht los, dass die Steine sie zerquetschen könnten. Platzangst! Genau die hatte sie nun!

Als das Superhirn den Kopf zur Seite drehte, stieß sie einen leisen Schrei aus. Lilo hatte neben sich in einer Mauernische eine Mumie entdeckt. Die Mumie war nicht größer als eine Puppe und hatte sehr menschliche Umrisse.

„Das ist die Mumie eines Pavians", sagte Axel leise. „Meine Mutter hat mir am Telefon erzählt, dass sie in letzter Zeit auch Mumien von Adlern, von Schlangen, von Ratten und sogar von Fröschen entdeckt hätten. Die Tiere sind schon tausende von Jahren tot, aber noch immer erhalten."

Poppi schauderte. Immer wieder ging ihr der Satz durch den Kopf: „Wir stören die letzte Ruhe der Tiere!" Ängstlich packte sie einen Zipfel von Axels Hemd und hielt sich daran fest. Sie wollte aber nicht zugeben, wie sehr sie sich fürchtete.

„Aus … Ende! Der Gang ist hier zu Ende!“, meldete Lilo. Sie stand vor einer Steinmauer und tastete vorsichtig mit den Händen darüber. Unter der dicken Staubschicht spürte sie Schriftzeichen, die in den Stein gemeißelt waren. Die restlichen Mitglieder der Bande traten zu ihr und leuchteten die Wände und die Decke des Ganges ab.

Da geschah es! Der Boden begann sich unter ihren Füßen in Bewegung zu setzen und glitt unter leisem Knirschen nach unten. Wie auf einer Hebetribüne fuhren die Knickerbocker hinab ins Ungewisse. Vor Schreck schrien sie auf. Axel versuchte sich mit einem Sprung in den Gang zu retten. Doch es war zu spät. Er glitt ab und fiel zurück auf die Steinplatte.

„Mein Gefühl war richtig!“, schoss es Lilo durch den Kopf. „Hier stimmt etwas nicht. Das ist … das ist … eine Falle.“

Um die anderen nicht in Panik zu versetzen, biss sie sich auf die Lippen und sagte nichts. Doch sie spürte, wie sich jeder Muskel ihres Körpers anspannte. Was war hier los? Wer hatte sie in die unterirdische Grabkammer gelockt. Und vor allem wozu?

„Soll diese Kammer vielleicht auch unsere …“ Nein, diesen Gedanken wollte Lieselotte nicht weiterspinnen. Sie wehrte sich und versuchte, an einen guten Ausgang dieses Abenteuers zu denken. Aber es gelang ihr nicht. Wie eine riesige, schwarze Wolke senkte sich die Angst vor einer drohenden Gefahr über sie und hüllte sie völlig ein.

EINE GRAUENVOLLE BEGRÜSSUNG

Mit einem Ruck beendete der altägyptische „Aufzug“ seine Fahrt. Wolken feinsten Staubes stiegen in die Höhe und lösten bei den vier Junior-Detektiven Hustenreiz aus. Ihre Augen tränten und zwischen ihren Zähnen knirschte es.

„Was jetzt?“, fragte Poppi. „Ich will raus!“

„Was glaubst du, was wir wollen?“, schnauzte Lilo sie an. „Vielleicht hier übernachten?“

„Mama! Hallo, Mama! Professor Karloff? Wo seid ihr?“, rief Axel in die Dunkelheit. Er erhielt keine Antwort. Dafür war in einiger Entfernung ein leises Kratzen und Schaben zu hören. Es klang wie eine Metallschaufel, die auf einem Stein hin- und hergeschoben wurde.

„Es könnte ihnen etwas zugestoßen sein. Möglicherweise sind sie in einer Grabkammer eingeschlossen!“, keuchte Axel. Er zog die kleine Taschenlampe aus der Hosentasche, die jedes Mitglied der Knickerbocker-Bande immer bei sich trug. Obwohl sie nicht größer als ein Kugelschreiber war, erzeugte sie einen hellen Lichtstrahl. Hastig leuchtete der Junge die Umgebung ab. Sie befanden sich in einem weiteren Gang, der höher und breiter war als der erste. Nur wenige Schritte entfernt befand sich eine Öffnung in der Wand.

Schritt für Schritt marschierte Axel darauf zu. Schweiß trat ihm aus allen Poren und das Atmen fiel ihm schwer. Er schrie leise auf, als er erkannte, was sich im Raum dahinter befand. Eine Unzahl länglicher Mumien war darin aufgestapelt. Axel vermutete, dass es sich um tote Krokodile handelte. Viel war von den meisten Tieren allerdings nicht mehr übrig, denn eine Armee weißer Ameisen krabbelte über die gräulichen Stoffbündel. Mehrere waren bereits bis auf die Leinenstreifen leer gefressen. Da und dort schimmerten weiße Knochen zwischen den Stofffetzen hervor.

Wieder ertönte das schabende Geräusch, und Dominik glaubte sogar ein leises Rufen zu hören. Die Knickerbocker nahmen einander an den Händen und schlichen geduckt durch den Tunnel.

„Mumien, überall liegen Mumien von Tieren!“, flüsterte Dominik heiser. Der Staub der Grabkammer hatte seinen Mund und seine Kehle völlig ausgetrocknet.

„Die Geräusche kommen aus der Grabkammer vor uns“, flüsterte Lilo und lenkte den Lichtstrahl ihrer Taschenlampe zum Ende des Ganges. In der Mitte des Raumes erkannten die Knickerbocker bereits aus der Entfernung eine steinerne Truhe. Es handelte sich um einen Sarkophag, der rundherum mit bunten Hieroglyphen verziert war.

Da! Da war das Schaben schon wieder. Dominik schluckte und würgte dann die Worte „Da ist jemand drin, der sich noch bewegen kann!“ hervor. Ein entsetzlicher Gedanke ging den vieren durch den Kopf: Vielleicht befanden sich Axels Mutter und der Archäologe, für den sie arbeitete, in dem Sarg.

„Es liegt eine Steinplatte auf dem Sarkophag“, wisperte Lieselotte. „Sie ist ein wenig verschoben. Außerdem sehe ich Fingerspuren im Staub. Das heißt, es hat jemand vor kurzer Zeit – vielleicht sogar heute – den Sarkophag geöffnet. Wir müssen den Deckel zur Seite drücken und nachsehen, ob tatsächlich jemand drin ist.“

Die Herzen der Knickerbocker pochten laut und

der Schweiß stand ihnen auf der Stirn, als sie sich an die Arbeit machten. Sie stemmten sich mit aller Kraft gegen den Rand der Steinplatte, doch diese bewegte sich nicht.

„Noch einmal und stärker!", befahl Lilo. Wieder pressten die vier Freunde ihre Hände gegen den kalten Stein. Sie keuchten und stöhnten vor Anstrengung, und endlich gab der Sarkophagdeckel nach. Unter leisem Knirschen rutschte er zur Seite.

Ein ekeliger Geruch quoll heraus und die Knickerbocker wichen zurück. Sie pressten die Hände vor die Nase und Axel rief zaghaft: „Hallo, Mama, bist du …?" Weiter kam er nicht. Denn in diesem Moment bemerkten die Junior-Detektive die Mumie, die an der Wand neben dem Sarkophag in einer Nische lehnte.

Sie war in schmutzigrote Stoffstreifen gewickelt, die die Augen freiließen. Zwei tote schwarze Löcher starrten die Knickerbocker an. Im Zeitlupentempo hob die Mumie nun ihre Arme und streckte sie in Richtung der Bande aus. Die Hände hingen schlaff und kraftlos herunter. Mit steifen Schritten begann sich die gespenstische Erscheinung in Bewegung zu setzen.

Axel, Lilo, Poppi und Dominik brüllten aus Leibeskräften. Sie drehten sich um und stolperten aus der Grabkammer. Sie torkelten durch den Gang zurück zu der Steinplatte, auf der sie in die Tiefe befördert worden waren.

Mit gleichmäßigen, langsamen Schritten folgte ihnen die rote Mumie. Ihre Bewegungen verursachten fast keinen Laut.

Lilo drehte sich im Kreis und schaute sich nach einem Ausweg um. Gab es denn keinen Gang, der ins Freie führte?

Mit einem Schlag war die Luft von Flattern erfüllt. Die Freunde schlugen um sich und versuchten die Köpfe mit den Armen zu schützen. Dunkle Tiere mit langen Flügeln schwirrten aufgeschreckt um sie herum.

„Fledermäuse! Das sind Fledermäuse!", schrie Poppi. „Die tun uns nichts. Aber es muss einen Ausgang aus diesem Grab geben. Sonst wären sie nicht hier drin."

Lilo leuchtete mit zitternden Händen die Wände ab und entdeckte einen schmalen Spalt zwischen Boden und Steinwand. Er war gerade so breit, dass die vier auf dem Bauch durchkriechen konnten.

In der Aufregung hatten die Junior-Detektive die Mumie aus den Augen gelassen. Mittlerweile war die rote Spukgestalt bei ihnen angelangt und legte ihre Hände auf Poppis Kopf. Poppi brüllte und ihre

Stimme hallte schaurig durch die unterirdischen Räume. Die rote Mumie war aber auch dadurch nicht aus der Ruhe zu bringen. Unbeirrt setzte sie ihren Marsch Schritt für Schritt fort.

„Auf den Bauch und da durch!“, befahl Lieselotte. Sie ließ ihren Freunden keine Zeit zum Überlegen, sondern riss sie zu Boden. Axel robbte als Erster durch den kleinen Durchbruch. Danach stopften Dominik und Lilo die geschockte Poppi nach. Wie eine Schlange glitt Dominik hinter ihr her. Als sich Lilo flach hinlegte, hörte sie plötzlich ein leises

Knirschen. „Schnell, die Wand senkt sich!“, schrie Axel auf der anderen Seite.

Die rote Mumie würde in spätestens drei Sekunden nach dem Mädchen greifen. Lilo stieß die Ellbogen in den Staub und schlug mit den Füßen hin und her. „Nicht! Loslassen!“, brüllte sie, als sie die eiskalte trockene Hand der Mumie an ihren nackten Waden spürte. Gleichzeitig bemerkte sie die Kante der Wand, die bereits leicht ihren Rücken berührte. Dem Mädchen versagten die Kräfte. Ihr war, als hätte jemand die Luft aus ihr herausgelassen. Entweder würde die Mumie sie töten oder die tonnenschwere Felswand würde sie zerquetschen. Ein blutroter Schleier legte sich Lilo über die Augen. Ihre Ohren waren wie verstopft und in ihrem Kopf pochte das Blut.

Sollte die Reise nach Ägypten, in das wunderschöne und geheimnisvolle Land am Nil, bereits so kurz nach ihrer Ankunft enden?

DIE ROTE MUMIE GIBT NICHT AUF

„Soll ich Wasser holen? Wir müssen ihr etwas zu trinken geben!“, sagte Dominik leise. Axel strich der bewusstlosen Lilo über das blonde Haar und schlug immer wieder sanft auf ihre Wangen. Trotzdem kam das Mädchen nicht zu sich.

„Ich habe es von dem Felsen aus gesehen. Der Nil ist nur ein paar Minuten entfernt. Ich könnte mit deiner Baseball-Kappe Wasser schöpfen!“, bot sich Dominik erneut an.

Doch Axel lehnte ab. „Das Wasser ist nicht sauber. Die Bakterien, die darin vorkommen, verursachen lebensgefährlichen Durchfall. Außerdem leben im Schlamm winzige Würmer, die sich durch die Haut in die Blutgefäße bohren und zu schrecklichen Krankheiten führen können.“

Poppi saß gegen einen Stein gelehnt und starrte zum sternenbedeckten Nachthimmel hinauf. Der Schreck von vorhin hatte sie gelähmt und deshalb spürte sie auch die Kälte der Nacht nicht. Sie bewunderte Axel, der Lilo in letzter Sekunde an den Händen gepackt und unter der Steinwand hervorgezogen hatte.

Nicht einmal zwei Sekunden später hatte die riesige Steinplatte den Boden erreicht und die unheimliche Grabkammer wieder verschlossen.

Glücklicherweise konnte sie dadurch auch die rote Mumie nicht mehr verfolgen. Der Raum, in dem sie sich nun befanden, war leer und führte nach wenigen Metern ins Freie.

Axel, Dominik und Poppi hatten ihre ohnmächtige Freundin gemeinsam an die frische Luft geschleppt, wo sie nun auf dem harten, sandigen Boden lag und immer noch keinen Ton von sich gab.

„Ob es hier Skorpione gibt?“, schoss es Axel durch den Kopf. Ein Stich dieser Tiere konnte für den Menschen tödliche Folgen haben. Der Junge leuchtete die harte, rissige Erde rund um seine Füße und Lilo ab und atmete erleichtert auf. Seine Angst war unbegründet gewesen.

Ein leises Knacken von vertrockneten Zweigen ließ ihn in die Höhe fahren. Er richtete den Strahl der Taschenlampe in die Richtung, aus der das Geräusch gekommen war.

„Wer sind Sie?“, rief er, als er das bärtige Gesicht eines dunkelhäutigen Mannes erblickte. Der Mann musste den Abhang heraufgekommen sein, der zum Ufer des Nils führte. Auf dem Kopf trug er eine Art Wollmütze und um seinen knochigen Körper schlotterte ein langes Gewand aus grobem Leinen, wie es in Ägypten noch viele Männer trugen.

„Wer sind Sie?“, wiederholte Axel seine Frage auf Englisch. Der Mann verzog grinsend den Mund, in dem nur noch wenige Zähne zu sehen waren. „Nicht Angst“, antwortete er auf Deutsch. „Mehmed (sprich: Mechmed) ist Freund. Ihr schreien. Warum?“

Da entdeckte Mehmed die noch immer bewusstlose Lilo und beugte sich zu ihr. „Aus welche Hotel?“, erkundigte er sich.

„Wir wohnen nicht in einem Hotel. Wir wollen in das Lager der Archäologen. Dort werden wir von meiner Mutter erwartet. Ein Taxifahrer hat uns vom Bahnhof abgeholt und zu einem Grabeingang gebracht. Er wollte uns in eine Falle locken“, sprudelte Axel heraus.

Mehmed schien kein Wort zu verstehen. „Lager?“, wiederholte er.

„Jaja“, bekräftigte Axel und machte mit der Hand schaufelnde Bewegungen.

„Ah ...!“ Mehmed schien verstanden zu haben. Er ließ einen Wortschwall auf Axel niederprasseln, von dem der Junge nichts begriff. Mehmed hob Lilo vorsichtig auf und gab den anderen ein Zeichen, ihm zu folgen.

Dominik zögerte. „Vielleicht ... vielleicht will uns der auch etwas antun“, flüsterte er Axel zu. „Hier treibt jemand ein böses Spiel mit uns.“

Axel überlegte kurz. Rund um ihn war nur das Zirpen der Zikaden und das leise Säuseln des Abendwindes zu hören. Häuser oder Lichter konnte er weit und breit nicht entdecken. Wenn sie nicht hier übernachten wollten, mussten sie Mehmeds Hilfe annehmen.

„Wir gehen mit!“, entschied er. „Ich habe Angst, dass Lilo einen schweren Schock oder vielleicht sogar eine innere Verletzung hat. Sie braucht einen Arzt.“

Dominik nickte und nahm Poppi bei der Hand. Zu dritt rutschten sie den steinigen Hang hinunter. Im Mondlicht sahen sie ein kleines Schiff mit einem hohen hellen Segel im Wasser schaukeln.

„Ich bringen euch in ... Luga“, sagte Mehmed und zeigte grinsend seine Zahnlücken.

„Er meint sicher in das Lager!", zischte Axel seinem Freund Dominik zu.

Gerade als der hilfsbereite Ägypter mit Lilo an Bord gehen wollte, bewegte sich etwas beim Mast. Eine schmutzige graue Decke wurde in die Höhe geschleudert und etwas Rotes schoss darunter hervor.

„Die rote Mumie!", kreischte Poppi auf. Mit einem Schlag war sie wieder hellwach, machte kehrt und kämpfte sich den Hang hinauf. Auch Mehmed schien äußerst erschrocken. Er ließ Lilo zu Boden gleiten und machte einige Schritte rückwärts. Axel und Dominik rasten zu ihrer Freundin.

Wieder hob die Angst einflößende Gestalt die Arme und bewegte sich auf Mehmed zu.

Der Mann stammelte etwas, das sich nach größter Panik anhörte, und stolperte rückwärts in die Dunkelheit. Mehmed stürzte, rappelte sich aber gleich wieder auf und rannte los, so schnell er konnte. Bald waren seine wimmernden Schreie in der Finsternis verklungen.

Die rote Mumie schien zufrieden zu sein. Sie blickte dem Mann kurze Zeit nach und wandte sich dann zu Axel und Dominik, die noch immer neben Lilo am Ufer knieten.

„Weg … lauft weg!", brüllte Poppi, die oben auf dem Hügel stand. „Schnell!"

„Wir … wir können Lilo doch nicht einfach liegen lassen“, keuchten die Jungen.

Ohne auch nur im Geringsten das Tempo zu beschleunigen, setzte die geisterhafte Erscheinung ihren Gang zu den Knickerbockern fort. Sie löste ein seltsames Gefühl aus. Das Gefühl, dass man ihr zwar ausweichen oder vor ihr flüchten, sie aber niemals aufhalten konnte.

Zitternd pressten sich die Jungen auf den Boden und deckten mit ihren Körpern die ohnmächtige Lilo. Der Geruch von Verwesung und Moder stach in ihre Nasen, als die rote Mumie bei ihnen angelangt war. Axel konnte vor Angst kaum atmen. Er zitterte am ganzen Körper, als er zu der riesigen roten Gestalt aufblickte, die sich über ihm erhob. Ein heiseres, rasselndes Röcheln drang unter dem Stoff hervor. „Fort! Fort! Fort!“, glaubte Axel zu verstehen.

Ein schriller Schrei kam von der Kuppe des Hügels. Poppi! Was war mit Poppi?

Als die beiden Jungen die Köpfe in ihre Richtung drehten, erkannten sie, dass ihre Freundin mit jemandem kämpfte.

DER FLUCH DES PHARAOS

„Die rote Mumie ...!“, keuchte Dominik. „Die rote Mumie ...“ Axel zitterte vor Anspannung am ganzen Körper. Er wusste nicht, was er zuerst tun sollte. „Die rote Mumie ...“, wiederholte Dominik wie eine CD, die einen Sprung hatte.

„Was ist mit der roten Mu...!“, schnauzte ihn sein Freund an. Doch mitten im Satz verschlug es ihm die Sprache. Die gespenstische Gestalt war verschwunden. Eben hatte sie noch neben den Jungen gestanden. Nun war sie bereits fort. Als hätte sie sich in Luft aufgelöst.

„Hilfeeee!“

Poppis Schreie ließen keine Sekunde Zeit zum Überlegen. Axel musste handeln. „Du bleibst bei Lilo, ich renne zu Poppi!“, rief der Junge Dominik zu. Steine und trockene Erde flogen unter seinen Sportschuhen weg, als er den Hang hinaufkletterte. Harte, verholzte Dornenranken zerkratzten seine Hände und zerrissen seine Hose.

„Mädchen, beruhige dich!“, hörte Axel eine heisere Stimme rufen. Doch Poppi wollte sich nicht beruhigen. Sie brüllte und trat blindlings auf den Mann ein, der sie an den Handgelenken gepackt hatte und nun sicherheitshalber mit ausgestreckten Armen von sich hielt.

Axel leuchtete mit der Taschenlampe in das Gesicht des Fremden. Geblendet schloss dieser die Augen und war den Bruchteil einer Sekunde unaufmerksam. Poppi nützte die Gelegenheit und traf ihn mit voller Wucht am Schienbein. Wimmernd krümmte sich der Fremde zusammen und Poppi konnte sich losreißen. Sie stürmte zu Axel und schlang die Arme um ihn.

„Wer ... wer sind Sie?“, fragte Axel zaghaft. „Moment mal, das ist ja gar kein Mann“, fiel ihm in diesem Augenblick auf. Die unbekannte Person war eine Frau, die das Haar sehr kurz geschnitten und mit Gel an den Kopf geklebt hatte. In ihren Hosen und dem weiten Pullover hatte sie der Junge für einen Mann gehalten. „Wieso ... wieso sprechen Sie Deutsch?“, forschte Axel weiter.

„Dasselbe wollte ich euch gerade fragen!“, antwortete die Frau mit zusammengebissenen Zähnen. Poppis Tritt hatte seine Wirkung nicht verfehlt. „Ich bin Archäologin und gerade mit Ausgrabungsarbeiten beschäftigt. Wir haben hier in der Nähe vor wenigen Tagen ein neues Grab entdeckt, und ich bin hergekommen, weil ich Hieroglyphen abschreiben wollte.“

„Hiero… was?“, fragte Axel.

„Hieroglyphen. Das sind die altägyptischen Bilder-Schriftzeichen. Ich möchte sie entziffern. Aber ich habe mich noch nicht vorgestellt. Mein Name ist Stella Dominsky. Um genau zu sein, Dr. Stella Dominsky.“

„Kennen Sie Professor Karloff?“, erkundigte sich Axel.

Die Frau humpelte zu ihm und nickte. „Na klar, der alte Knacker … äh … ich meine, der Professor leitet doch die Ausgrabungsarbeiten.“

„Dann kennen Sie auch Frau Klingmeier, seine Assistentin“, meinte Axel.

„Klar doch, die einzige normale Person bei diesem Unternehmen!“, murmelte die Archäologin vor sich hin.

„Ist ja auch meine Mutter!“, verkündete Axel stolz.

Stella blickte ihn überrascht an. „Alles sonnenklar", stellte sie fest. „Dann bist du ihr Sohn!" In der nächsten Sekunde schlug sie sich auf die Stirn und rief: „Ich Idiotin, das ist klar wie grüne Tinte. Ich meine, dann bist du Axel, den sie bereits ungeduldig erwartet. Sie macht sich entsetzliche Sorgen. Ich bringe dich sofort ins Lager. Deine Freunde natürlich auch!"

Zur großen Überraschung der Knickerbocker-Bande befand sich das Lager der Archäologen nur zwei Kilometer entfernt. Es lag hinter einem kleinen Hügel, durch den es ein wenig vor Sandstürmen geschützt war.

Die Aufregung war groß, als Poppi, Dominik und Axel von ihren bisherigen Erlebnissen berichteten. Auch Lilo war wieder zu sich gekommen, ließ aber lieber die anderen reden.

Das Lager bestand aus grau-grünen Zelten, die jeweils nur von einem der Wissenschaftler bewohnt wurden. Außerdem gab es ein Küchenzelt, ein Badezelt, ein Zelt mit Vorräten und ein großes Zelt, in dem wertvolle Funde gereinigt und aufbewahrt wurden. Etwas abseits waren die dunklen Umrisse eines lang gestreckten Zeltes zu erkennen, in dem fünf ägyptische Helfer untergebracht waren.

Ein kleines Feuer prasselte auf dem Platz in der Mitte des Lagers. Rundherum saßen die Archäologen, Axels Mutter und die vier Knickerbocker-Freunde.

Lilo hatte die Augen wieder halb geschlossen und versuchte, bei dem Gespräch wenigstens aufmerksam zuzuhören, wenn sie schon nicht selbst reden konnte.

Axel musterte ganz genau die Gesichter der Anwesenden. Die meisten hatten eine Blechtasse mit Kaffee, Tee oder Kakao in der Hand und starrten hinein, als würden sie darin die Antwort auf die mysteriösen Ereignisse finden.

„Die Sache für einen harmlosen Streich zu halten, wäre zu einfach", erklärte Professor Karloff. Seine Stimme klang tief und hatte etwas an sich, das die anderen jedes Wort glauben ließ. Der Professor selbst war eine stattliche Erscheinung. Er maß gut zwei Meter und hatte einen überaus kantigen, großen Kopf. Seine Gesichtszüge schienen ein Lächeln unmöglich zu machen. Er blickte ernst und nachdenklich. Verstärkt wurde dieser Eindruck durch einen schwarzen Vollbart, der ordentlich gebürstet und zurechtgestutzt war.

Neben dem Professor saß Doktor Linda Schell. Eine ältere Dame, deren Gesicht an eine Wachspuppe erinnerte. Unnatürlich straff zog sich die Haut über die Backenknochen und die Stirn.

„Vielleicht hat sich die von einem Schönheitschirurgen die Haut straffen lassen“, überlegte Axel. So oder so, sah es einfach grässlich aus. Obwohl die Forscher einen anstrengenden Tag in der Hitze hinter sich hatten, saß die weizenblonde Frisur der Archäologin tadellos und locker.

„Man soll die Ruhe der Toten nicht stören!“, sagte Dr. Schell mit leiser Stimme. „Ihr alle habt schon vom Fluch der Pharaonen gehört! Zahlreiche Wissenschaftler und Forscher wie wir haben nach ihrer Arbeit in Ägypten einen unerwarteten und plötzlichen Tod gefunden. Die Geister der ägyptischen Könige haben sich gerächt! Ihre Drohung ‚Der Tod soll den mit seinen Schwingen erschlagen, der die Ruhe der Pharaonen stört‘ hat sich erfüllt.“

Stella leerte den Rest ihres Kaffees auf den Boden und brummte: „Das ist klarer Blödsinn, Linda. Bei dem so genannten ‚Fluch des Pharaos‘ handelt es sich um einen Schimmelpilz, der überall auf der Welt vorkommt. Er kann Gift bilden, das stimmt. Doch kommen wir mit ihm tagtäglich in Berührung.“

Dominik verstand nicht, was Stella meinte. „Was hat das mit dem Fluch zu tun?“, wollte er wissen.

Stella setzte ihre Erklärung fort: „Ein gesunder Körper kann die Pilzsporen abwehren. In den Grabkammern, die Jahrhunderte, meistens sogar Jahrtausende verschlossen waren, ist die Konzentration der Pilzsporen gewaltig hoch. Wer diese Mengen einatmet und vielleicht noch ein wenig lungenkrank ist, der stirbt."

Poppi schauderte. Von Grabkammern hatte sie bis auf weiteres genug. In Zukunft besichtigte sie lieber nur die Teile Ägyptens, die über der Erde lagen.

Linda Schell schien über den Widerspruch von Stella erzürnt zu sein. Sie sprach immer noch leise, aber ihre Stimme klang drohend. „Ich würde nicht so leichtfertig über die Geister der toten Ägypter reden", sagte sie. „Denk an den Schacht, der um 1900 entdeckt wurde. Angeblich soll er zu einer Grabkammer geführt haben, die aus purem Gold bestand. Doch keiner der Männer, die hinabgestiegen waren, kehrte zurück. Über 50 fanden den Tod. Es gibt mehr geheimnisvolle Kräfte in diesem Land, als wir uns vorstellen können."

Professor Karloff nickte. „Ich gebe Ihnen Recht, Frau Kollegin. Ich selbst habe bereits Kontakt mit diesen Kräften gehabt. Es war in der Cheopspyramide in Gizeh."

Dominik überlegte kurz und flüsterte seinen Freunden zu: „Das ist eine der drei berühmten Pyramiden in der Nähe von Kairo. Sie ist das Grab von König Cheops und auf jeder Ansichtskarte zu sehen."

Professor Karloff warf Dominik einen strafenden Blick zu. Er war es nicht gewohnt, dass irgendjemand während seines Vortrages unaufmerksam war. Schuldbewusst verzog Dominik sein Gesicht zu einem entschuldigenden Lächeln.

„Ich hatte damals die Gelegenheit, in eine zentrale Kammer der Pyramide vorzudringen", berichtete der Forscher. „Die ganze Nacht konnte ich dort verbringen. Ich habe meine Eindrücke auf Tonband gesprochen, denn sonst hätte ich am nächsten Morgen alles für einen bösen Traum gehalten."

Der Professor machte eine Pause und starrte in die Flammen des Lagerfeuers.

„Was haben Sie für eine Erfahrung gemacht, Professor Karloff?", fragte Dominik.

„Feindselige, Furcht einflößende Geister haben mich umkreist. Sie wollten mich aus der Kammer vertreiben. Ich spürte die Energie, die gegen mich gerichtet wurde, und sie bedeutete, ich sollte die Pyramide sofort verlassen. Atembeschwerden und ein Schwächeanfall waren die Folge. Niemals werde ich aber die gespenstischen Fratzen vergessen, die aus dem Nichts aufgetaucht sind. Es hat sich dabei nämlich um keinen technischen Trick gehandelt. Das steht fest!“

Frau Klingmeier, die um den guten Schlaf ihres Sohnes und der übrigen Knickerbocker besorgt war, versuchte das Thema zu wechseln. „Sonst ist es hier in Ägypten aber zurzeit sehr angenehm“, sagte sie. „Die Temperaturen sind tagsüber gerade noch erträglich, und ihr werdet eure Ferien bestimmt genießen können.“

Dr. Linda Schell hob den Kopf und drehte das maskenhafte Gesicht in ihre Richtung: „An Ihrer Stelle wäre ich vorsichtiger“, sagte sie warnend. „Das Auftauchen der roten Mumie hat etwas zu bedeuten. Es ist kein Zufall, dass Ihr Sohn und seine Freunde die erste Begegnung mit ihr hatten. Vielleicht sollte es eine Warnung sein!“

SCHATTEN IN DER NACHT

Ruhe war im Lager der Archäologen eingekehrt. Frau Klingmeier, die früher einmal als Krankenschwester gearbeitet hatte, war überzeugt, dass Lieselotte mit dem Schreck davongekommen war. Schlaf war für sie nun das Wichtigste. Deshalb war Axels Mutter auch ein wenig beruhigt, als sie das tiefe und gleichmäßige Atmen des Mädchens hörte. Lilo schlief fest. Auch Dominik und Poppi, die ihre Schlafsäcke im selben Zelt ausgebreitet hatten, waren bald in einen tiefen und traumlosen Schlaf gesunken.

Nun saß Axel bei seiner Mutter in ihrem Zelt auf einem Klappstuhl und hörte ihrem geflüsterten Bericht zu. Die Knie hatte er angezogen und vor Aufregung knabberte er am Stoff seiner Hose.

„Ich hätte euch nie hierher holen dürfen“, murmelte Frau Klingmeier. Axel kannte seine Mutter und wusste, wie sehr sie sich sorgte. „Du weißt, ich habe die Arbeit als Assistentin von Professor Karloff nur angenommen, weil sie überaus gut bezahlt ist. Wir brauchen das Geld für die neue Wohnung.“ Frau Klingmeier knetete ihr Taschentuch zwischen den Händen und erzählte weiter: „Natürlich ist die Tätigkeit sehr interessant. Ich habe in den vergangenen zwei Monaten, die ich nun schon hier bin, viel über das alte Ägypten gelernt. Aber seit einigen Wochen werde ich das Gefühl nicht los, dass irgendetwas in der Luft liegt. Zwischen Professor Karloff, Linda Schell und Stella Dominsky herrscht Hochspannung.“

„Und warum?“, wollte Axel wissen.

Frau Klingmeier wedelte mit dem Taschentuch durch die Luft und sagte mit Verärgerung in der Stimme: „Wenn ich das wüsste. Jeder lässt seine schlechte Laune an mir aus, aber keiner redet darüber. Das Beste wäre es, ich flöge mit dem nächsten Flugzeug wieder zurück nach Hause.“

Doch davon wollte ihr Sohn nichts wissen. „Mamutschku“, sagte Axel beruhigend. Er wusste, dass sie diesen Kosenamen besonders gerne hatte. „Mamutschku, wir haben fast einen ganzen Tag gebraucht, um nach Luxor zu kommen. Zuerst der Flug, der sechs Stunden Verspätung hatte, und dann noch die Aufregungen mit der roten Mumie. Das Ganze jetzt abbrechen? Nie im Leben! Frühestens in zehn Tagen, wie vereinbart. Meine Freunde und ich lassen dich doch nicht hier, wenn es gefährlich wird. Sag mir lieber eins: Wer hat von unserer Ankunft gewusst?"

Frau Klingmeier überlegte kurz und antwortete: „Alle! Ich habe mich sehr darauf gefreut, allen Fotos von euch gezeigt und viel von euch und euren Abenteuern erzählt. Einmal habe ich noch einen Scherz gemacht und gemeint: Wenigstens weiß ich, dass ihr hier nicht in einen neuen Fall stolpert."

Axel war trotz der vorgerückten Stunde noch ziemlich aufgekratzt. Die Ereignisse hatten ihn aufgewühlt und deshalb war an Schlaf nicht zu denken. Einiges war ihm auch bei genauer Überlegung bereits klar geworden: „Ich glaube nicht, dass uns die rote Mumie wirklich etwas tun wollte. Für mich hat die Sache mehr nach Abschreckung ausgesehen. Dass Lilo dabei fast zerquetscht wurde … na ja … dazu kann ich auch nichts sagen."

„Versprich mir eins", sagte Frau Klingmeier mit eindringlicher Stimme. „Versprich mir, dass ihr vier nichts auf eigene Faust unternehmen werdet. Der

Vorfall wird der ägyptischen Polizei gemeldet und die soll sich dann um alles Weitere kümmern. Verstehst du?" Zur Bekräftigung hatte sie Axels Arm gepackt und drückte ihn fester, als sie es eigentlich beabsichtigt hatte.

„Aua, du tust mir weh!", protestierte der Junge. Gähnend stellte er fest: „Außerdem möchte ich jetzt auch endlich die Sandflöhe belauschen und mich dazu hinlegen."

Er küsste seine Mutter flüchtig auf die Wange und schlüpfte aus ihrem Zelt.

Axel zuckte zurück. Was war das gewesen? Er blieb regungslos stehen und presste sich an die Zeltwand. Drei Zelte weiter hatte sich etwas bewegt. Eine gebückte Gestalt war auf Zehenspitzen herumgeschlichen. Im blassen Mondlicht hatte der Junge sie genau gesehen.

Doch wer war der Schatten? Axel wartete einige Sekunden und ging dann zum Nachbarzelt, in dem die Knickerbocker-Bande untergebracht war. Als er sich bückte, um den Reißverschluss des Eingangs zu öffnen, erstarrte er mitten in der Bewegung. Ganz in seiner Nähe knirschten Schritte im Sand. Jemand lief davon.

Axel zögerte nicht lange, sondern folgte dem Geräusch. Lautloses Anschleichen hatten die Knicker-

bocker oft trainiert. Deshalb war es für den Jungen eine Kleinigkeit, sich an die Fersen des Schattens zu heften, ohne dass dieser etwas bemerkte.

Axel ging neben einem Jeep in die Hocke und ließ von dort aus die dunkle Gestalt nicht mehr aus den Augen. Er schluckte. Wenn ihn nicht alles täuschte, beobachtete er gerade Stella Dominsky. Die Silhouette passte eigentlich nur zu ihr.

Da! Da war noch jemand. Er kam hinter dem Zelt der ägyptischen Arbeiter hervor und lief auf Stella zu. Das war zweifellos ein Mann. Ein echter Mann. Er umarmte die Wissenschaftlerin und küsste sie. Eng umschlungen brachen die beiden zu einem nächtlichen Spaziergang auf.

„Nun ja, dann will ich nicht weiter stören", dachte Axel grinsend und wollte sich aus der unbequemen Stellung erheben. Ein neues Geräusch hielt ihn davon ab. Es kam jemand auf das Auto zu.

Er senkte den Kopf bis auf den sandigen Boden und erblickte auf der anderen Wagenseite ein paar dunkle Stiefel. Langsam wurden sie gehoben und auf den Boden gesetzt. Schritt für Schritt marschierte jemand um den Jeep. Wer auch immer in den Stiefeln steckte, er war sehr darauf bedacht, jedes Knirschen zu vermeiden.

Axel überlegte fieberhaft, wie er sich nun verhalten sollte. Er hatte Angst. Der Stiefel-Besitzer schien etwas zu verbergen zu haben. Sonst würde er nicht wie ein Dieb um das Auto schleichen.

„Halt! Vielleicht ist das ein Dieb. Jemand, der wertvolle Gegenstände aus dem Zelt mit den Funden klauen möchte", fiel dem Jungen ein. Endlich konnte er seine Kenntnisse aus dem Karate-Kurs verwerten. Er griff den Unbekannten nicht an, sondern krümmte sich zusammen und rollte blitzschnell unter den Wagen. Geübt war geübt.

Axel schickte Stoßgebete zum Himmel, der Stiefelmann möge jetzt nicht wegfahren. Denn dann könnte die Sache für ihn gefährlich werden. Lebensgefährlich sogar.

Schlüssel klirrten. Die hintere Ladeklappe klickte leise und schwang auf. Ein Poltern ertönte über Axels Kopf. Vorsichtig wurde die Klappe wieder zugedrückt.

Der Junior-Detektiv atmete auf. Die Stiefel zogen ab. Axel wollte zu gerne wissen, zu wem sie gehörten, doch um nicht bemerkt zu werden, blieb er still unter dem Jeep liegen. So musste er darauf verzichten, dem Besitzer der Stiefel nachzuspähen und ihn zu erkennen.

Erst als wieder absolute Ruhe im Lager eingekehrt war, kroch er hervor und begutachtete die hintere Tür. Aus Neugierde drückte er auf den Knopf und zu seiner großen Überraschung sprang sie auf.

Axel zog seine Taschenlampe hervor und leuchtete hastig auf die Ladefläche. Er ließ seine rechte Hand unter einige schmutzige Decken gleiten und schnalzte mit der Zunge. Er hatte etwas entdeckt. Als er die Decken hob, konnte er es sogar erkennen.

Erstaunt riss er die Augen auf. „Mama hat Recht. Hier stinkt‘s! Und zwar gewaltig!“, sagte er leise zu sich selbst.

Der Junge schloss die Wagenklappe und huschte zum Zelt der Knickerbocker-Bande, wo er schnell in seinen Schlafsack schlüpfte. Viele Gedanken rasten durch seinen Kopf. An etwas dachte er allerdings nicht.

Axel war sich sicher, dass er von niemandem bei seiner Entdeckung beobachtet worden war. Doch da täuschte er sich …

SCHWEIGEN ODER NICHT ...?

Obwohl erst Ostern war, kletterten die Thermometer in Luxor bereits auf 30 Grad und das im Schatten! Etwas müde und ziemlich verschwitzt schlenderten die vier Knickerbocker-Freunde durch den Basar von Luxor. Es wimmelte hier nur so von Menschen und die Händler priesen lautstark ihre Ware an. Ein seltsamer Duft schwebte durch die Luft. Es war die Mischung von Leder, Tee, Staub und orientalischen Gewürzen.

„Da, schaut nur“, rief Poppi ihren Freunden zu und deutete in eine kleine Schneiderei. Die Schneider hockten auf einem riesigen Tisch und arbeiteten mit Händen, Füßen und Mund. Sie hatten ein Ende des Stoffes zwischen die Zehen geklemmt und das andere in den Mund gesteckt. Auf diese Art konnten sie den Stoff spannen und hatten beide Hände frei zum Nähen.

„Ich ... ich muss hier raus", keuchte Axel. Er hatte einen hochroten Kopf und der Schweiß tropfte von seiner Stirn. „Ist dir nicht gut?", erkundigte sich Lieselotte. Der Junge nickte und bog in eine stillere Seitengasse ab. Wortlos marschierte er vom Basar fort, zur breiten Hauptstraße, von der es nicht mehr weit bis zum blaugrünen Band des Nils war.

„Ich habe Hunger!", meldete sich Dominik. „Das Frühstück war nämlich äußerst kärglich." Lilo verdrehte die Augen, denn heute nervte sie Dominiks komplizierte Redensweise ganz besonders. Da die vier Freunde lange geschlafen hatten, war das Frühstück der Forscher längst beendet, als sie aufstanden. Die Wissenschaftler brachen immer bereits in den frühen Morgenstunden auf, um mit ihrer Arbeit zu beginnen. Zu dieser Tageszeit war die Temperatur noch einigermaßen erträglich. Axels Mutter musste Professor Karloff natürlich begleiten und hatte den Freunden nur ein paar Brote und eine Kanne Tee zurücklassen können.

An der Straßenecke stand ein ägyptischer Koch und rührte einen dicken Brei in einem bauchigen Kessel. „Die Schraube!", sagte Dominik altklug und deutete auf den Brei.

„Dir scheint die Sonne hier schlecht zu bekommen. Hast du einen Sonnenstich oder bist du in der Nacht vom Wahnsinns-Wüstenfloh gebissen worden?“, knurrte Lilo.

Dominik stöhnte laut auf. „Ihr Ungebildeten“, fuhr er seine Freunde an. „Diese Speise wird von den Ägyptern ‚Schraube‘ genannt. Sie besteht aus Bohnen und Gewürzen und wird mit Zitronensaft serviert. Da sie sättigend ist und den Magen richtiggehend verschließt, hat sie wohl den Spitznamen ‚Schraube‘ erhalten.“ Dominik kramte umständlich ein paar Münzen aus der Tasche und erstand einen Teller Bohnenbrei.

Kurze Zeit später bestiegen die vier Freunde eine der schwarzen Pferdekutschen, die am Straßenrand standen. „Fahren Sie uns auch bis nach Karnak?“, erkundigte sich Lieselotte auf Englisch beim Kutscher. Der Mann, ein junger Ägypter, schien zu verstehen, was sie meinte, nickte und ließ einen ägyptischen Wortschwall auf sie niederprasseln. Die Droschke setzte sich in Bewegung und begann ihre holpernde Fahrt, auf der die Junior-Detektive tüchtig durchgerüttelt wurden.

„Geht es dir besser?“, erkundigte sich Axel. Das Mädchen nickte.

Axel fuhr fort. „Ich habe zu wenig geschlafen

und … ich muss euch endlich etwas erzählen." Danach berichtete er den anderen von seinen Erlebnissen und Beobachtungen in der vergangenen Nacht.

„Ja, und … was war im Wagen?", wollte Poppi wissen. „Schmutziger Schmuck!", antwortete Axel. Die anderen zogen erstaunt die Augenbrauen in die Höhe.

„Was ist schmutziger Schmuck?", fragte Dominik.

„Sandige Schmuckstücke aus Perlen und Gold", berichtete Axel. „Sie sind auf jeden Fall alt. Sehr alt. Ich bin ziemlich sicher, dass es sich um tausende Jahre alten Schmuck aus einem der Gräber handelt."

„Das wäre allerdings ein Knaller!" Lilo stieß einen hohen Pfiff durch die Zähne aus. „Das bedeutet: Im Lager befindet sich ein Grabräuber, der Fundstücke unterschlägt und verkauft. Sie sind bestimmt ein Vermögen wert."

Wie ein Trommelwirbel hörte sich das gleichmäßige Getrappel der Pferdehufe an. Über eine holprige Landstraße bewegte sich die Kutsche nach Norden zur kleinen Stadt Karnak. Dort befand sich ein gewaltiger Tempel, in dem Professor Karloff und Axels Mutter zurzeit arbeiteten. Frau Klingmeier hatte die Knickerbocker-Bande gebeten, am frühen

Nachmittag hinzukommen. Doch die Fahrt würde noch ein Weilchen dauern …

„Aber wem gehören die Stiefel?“, überlegte Lieselotte laut. Auf diese Frage wusste keiner der Junior-Detektive eine Antwort. „Stopp!“, rief das Superhirn, wie Lilo oft genannt wurde. „Stopp! Ist doch alles klar: Der Dieb ist diese Frau Dr. Stella Dominsky.“

Axel schüttelte den Kopf. „Unmöglich, die ist doch mit ihrem Küsschen-Freund in die Wüste spaziert.“

Lilo tippte sich mit dem Zeigefinger an die Stirn. „Du spinnst. Axel, du hast nur ihren Schatten gesehen. Es kann sich doch auch um eine Ägypterin gehandelt haben, die ihren Freund besuchen gekommen ist. Aber denkt logisch, es spricht alles gegen diese Stella. Nummer eins: Sie ist plötzlich dort aufgetaucht, wo wir in Gefahr waren. Vielleicht hat sie uns die rote Mumie auf den Hals gehetzt, um uns abzuschrecken. Frau Klingmeier hat doch von unseren Detektiv-Abenteuern erzählt. Daraufhin hat es Stella mit der Angst zu tun bekommen, dass wir ihr auf die Schliche kommen könnten. Nummer zwei: Stella war die Einzige im Lager, die gestern Abend Stiefel getragen hat.“

Poppi fühlte sich unbehaglich. Nach der Begegnung mit der roten Mumie war ihr Bedarf an Aufregungen gedeckt. „Wir sollten das Professor Karloff melden. Er ist der Leiter der Forschergruppe. Auf keinen Fall werden wir …“ Poppi sprach nicht weiter, weil sie Angst hatte, dass die anderen sie als Feigling beschimpfen würden.

„… der Sache auf den Grund gehen“, beendete Lieselotte Poppis Satz. „Das werden wir aber. Und wir werden niemandem etwas sagen. Wenn Stella tatsächlich der Dieb ist, dann müssen wir ihr eine Falle stellen. Im Augenblick kann sie behaupten, sie habe den Schmuck nur in Sicherheit gebracht. Einen Diebstahl kann man ihr nicht nachweisen.“

Schweigen! Lilo hatte sich also für Schweigen und Nachforschen entschieden. Eine Entscheidung, die die Knickerbocker-Bande in tödliche Gefahr bringen sollte …

Still und unbeweglich standen die steinernen Figuren seit mehreren tausend Jahren auf ihren Steinpodesten. Sie hatten den Kopf eines Widders und den Körper eines Löwen. Widder-Sphinxen wurden sie genannt. Wie die Bäume einer Allee waren sie auf dem Weg zum Tempel von Karnak links und rechts aufgereiht.

Ein seltsames Gefühl überkam die vier Knickerbocker-Freunde, als sie wenig später die ehemalige Säulenhalle betraten. Das Dach war längst eingestürzt, doch die 134 Säulen, die bis zu 24 Meter hoch waren, standen noch. Axel, Lilo, Poppi und Dominik fassten einander an den Händen und versuchten, einen Ring um eine der Säulen zu bilden. Doch sie schafften es nicht, den Ring zu schließen. Die Säule war zu dick.

Dominik hatte das Gefühl emporzuschweben, als er den Kopf in den Nacken legte und zum oberen Ende der steinernen Kolosse blickte. Sie standen so dicht, dass nur wenige Sonnenstrahlen ihren Weg bis zum Boden fanden. Deshalb war es zwischen den Säulen ziemlich kühl und düster.

Der Tempel war für Touristen geschlossen und so schlenderten die vier allein durch den Säulenwald. Ein bedrückendes Gefühl überkam sie. Plötzlich hatten sie den Eindruck, die Säulen würden sich nach unten neigen und sie erdrücken. Die tonnenschweren Steine schienen sich zu einer undurchdringlichen Hecke zu verflechten. Sie schlossen die Bande ein und ließen sie nicht mehr hinaus.

„Weg! Weg von hier!", schrie Axel. Seine Stimme wurde vom Stein zurückgeworfen und hallte gespenstisch durch die Halle. Der Junge rannte los. Er wollte so schnell wie möglich fort.

Sand rieselte von oben auf ihn herab. Axel bekam ihn ins Auge und musste stehen bleiben. Vorsichtig wischte er die harten Körner aus dem Gesicht. Da! Da war ein Knirschen. Ein leises Knirschen von Stein und Sand. Es kam von oben. Von dort fielen nun auch kleine Steine auf ihn herunter. Axel machte ein paar Schritte zur Seite, hielt die Hand

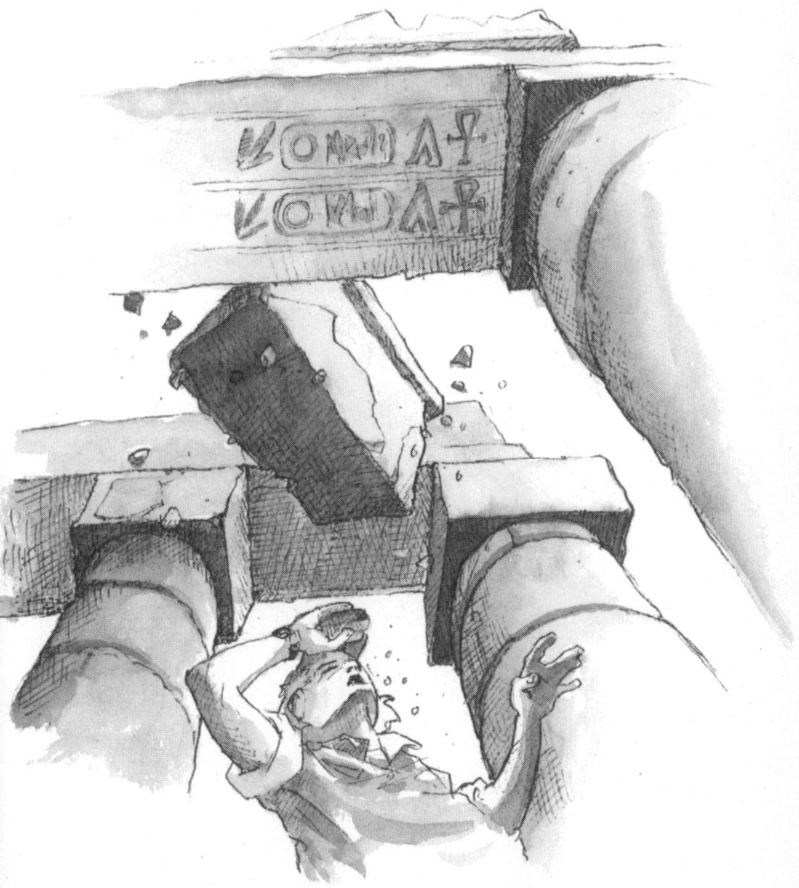

vor die Augen und spähte unter diesem Schutz-Schirm in die Höhe.

In der nächsten Sekunde hörten seine Freunde einen lauten Schrei. Danach donnerte es und der Boden des Tempels schien zu erzittern.

Stille. Nur das Säuseln des Windes war zu hören. „Axel? Axel, was ist?“, rief Lilo. Keine Antwort. „Axel!!!“, brüllten nun alle drei Freunde, doch sie erhielten keine Antwort.

DER VERDACHT WENDET SICH

Wie auf Kommando stürzten Lieselotte, Dominik und Poppi in die Richtung, in die Axel gerannt war.

„Nein! Nein!!!", schrie Lieselotte. „Nein!!!" Ihre Schreie hallten schaurig durch die Säulen und verklangen im Wind. Das Mädchen drehte sich um und bedeutete Poppi fortzubleiben. „Geh nicht weiter. Nicht!", keuchte sie. „Dominik, sucht Axels Mutter. Sie soll kommen. Schnell!"

„Was ist denn los?", wollten die beiden jüngeren Mitglieder der Knickerbocker-Bande wissen. Lieselotte hatte sich so vor sie gestellt, dass die zwei nicht an ihr vorbeisehen konnten. Dominik stieß Lilo kurzerhand zur Seite und machte ein paar Schritte nach vorn. Er ließ sich doch von Lilo nicht vorschreiben, was er sehen durfte und was nicht.

„Nein!“, stieß er hervor. Danach brachte er kein einziges Wort mehr heraus. Seine Kehle war wie abgeschnürt. Vor ihm lag ein riesiger Stein, um den feiner Sand und Staub wirbelten. Rundherum lagen Splitter und Brocken, die beim Aufprall des Felsens abgesprungen waren. Dazwischen, auf dem Boden, erkannte Dominik Axels grün-blau gestreiftes Hemd. Sein Freund war nach hinten gefallen und lag mit ausgestreckten Armen auf dem Steinboden. Er hatte die Augen geschlossen und den Mund weit offen. Er bewegte sich nicht.

Langsam senkte sich der Staub und bildete eine feine weiße Schicht auf dem leblosen Körper des Jungen.

Nicht einmal zehn Meter von Lieselotte entfernt knarrte und quietschte es. Erschrocken drehte das Mädchen den Kopf und erkannte eine lange, dünne Leiter aus Holz. An ihrem oberen Ende war eine weitere Leiter mit Stricken befestigt worden. Insgesamt zählte Lilo zehn Leitern, die lebensgefährlich zu einer langen Leiter verbunden worden waren, die bis zum oberen Ende der Säule reichte. Das Mädchen traute seinen Augen nicht, als es sah, wer heruntergeklettert kam.

„Professor Karloff!“, flüsterte Lieselotte. Als der Wissenschaftler einen Meter vom Boden entfernt war, sprang er herab. Er wirbelte herum und starrte die drei Knickerbocker-Freunde mit eisigem Blick an. Wieder fiel Lieselotte die Kälte und Härte auf, die die dunklen Augen von Professor Karloff ausstrahlten.

„Hier ist kein Spielplatz! Verschwindet!“, schrie er sie an. Seine Stimme klang scharf und schneidend. „Dieser Ort war früher heilig. Hier wird nicht geschrien!“

Lilo verlor die Nerven und kreischte: „Sie ... Sie schreien doch selbst. Außerdem haben Sie einen Stein auf Axel geworfen. Sie ... Sie Mörder!“

Poppi begann zu weinen und Dominik torkelte, käseweiß im Gesicht, ein paar Schritte zurück, bis er eine Säule im Rücken spürte. Er lehnte sich dagegen und rang nach Luft.

Plötzlich wich die Kälte und Starrheit aus dem Gesicht von Professor Karloff und er rannte mit riesigen Schritten an Lilo vorbei zu dem Felsbrocken. Er beugte sich zu Axel und hielt die Hand vor seine Nasenlöcher.

In diesem Augenblick kam auch Axels Mutter durch das Säulengewirr. „Was ... was ist hier los?“, fragte sie entsetzt, als sie die gespenstische Stille bemerkte. Da erblickte sie ihren Sohn auf dem Boden. „Axel!“, keuchte sie und rannte zu ihm.

„Keine Sorge, Frau Klingmeier, er lebt!", sagte Professor Karloff. Seine Stimme klang wieder hart und sachlich. Der Vorfall schien ihn nicht sehr zu berühren.

„Mein Junge, mein Junge", stammelte Frau Klingmeier immer wieder und strich über Axels Gesicht und sein Haar.

Jetzt erst wagte sich Lilo ein paar Meter näher. Vorhin hatte sie den Eindruck gehabt, der Stein sei auf Axels Beine gefallen und hätte sie unter seinem Gewicht zerquetscht. Nun aber erkannte sie zu ihrer großen Erleichterung, dass Axel unverletzt war. Er musste gestolpert und gefallen sein, bevor der Stein aufgeprallt war. Der Felsbrocken war allerdings höchstens einen halben Meter neben ihm auf den Boden gestürzt.

Axel schlug die Augen auf und richtete sich stöhnend auf.

„Mein Junge, wie geht es dir?", fragte ihn seine Mutter und drückte Axel zärtlich an sich.

„Mein Kopf", jammerte Axel, „mein Kopf ... Die Mumie ... sie war ... war wieder da. Sie hat den Stein ... geworfen. Ich sollte sterben!"

Professor Karloff warf Axel einen vernichtenden Blick zu. „Unsinn! Ich war ebenfalls auf den Säulen, weil oben Hieroglyphen zu finden sind, die wichtige Botschaften über diesen Tempel enthalten. Ich habe niemand anderen gesehen."

Frau Klingmeier blickte nach oben. „Professor, Sie sind immer sehr in Ihre Arbeit vertieft. Sie könnten den Täter auch überhört und übersehen haben", wagte sie zu bemerken. Professor Karloff starrte sie stumm und vorwurfsvoll an.

Lilo hob den Kopf und überlegte: „Ein Mensch muss ziemlich schwindelfrei sein, wenn er dort oben über die schmalen steinernen Stege läuft, die noch dazu tiefe Risse haben."

„Viele ägyptische Tempel sind vom Verfall bedroht, da das Herumtrampeln der vielen Touristen sie zu sehr erschüttern", erklärte Professor Karloff. „Bei dem Stein handelt es sich um einen Teil aus dem Rest des Tempeldaches, das noch erhalten ist. Oft genügt ein lauter Schrei, um ein Stück davon zum Abstürzen zu bringen."

Doch keiner glaubte ihm so recht. Gestützt auf seine Mutter humpelte Axel aus dem Säulenwald. Bei seinem Sturz hatte er sich nicht nur den Kopf angeschlagen, sondern auch das Bein verstaucht. Mit einem unfreundlichen und spöttischen Grinsen gab Professor Karloff seiner Mitarbeiterin den Rest des Tages frei.

Lieselotte murmelte hastig etwas von „Ich muss

mal schnell für kleine Mädchen!" und verschwand zwischen den Säulen. In Wirklichkeit hatte sie etwas anderes vor. Sie versuchte ganz schnell herauszufinden, ob irgendwo eine zweite Leiter lehnte, die die Mumie benutzt haben konnte. Das Mädchen lief planlos zwischen den Säulen umher und verlor dabei die Orientierung. Als Lilo endlich eine Leiter entdeckte, seufzte sie enttäuscht auf. Es war die von Professor Karloff.

Lieselotte blickte sich hastig um. Weit und breit war keiner der Forscher zu sehen. Sie zögerte nicht lange, sondern kletterte zügig die hölzernen Sprossen in die Höhe. Sie hatte mit ihrem Vater in Tirol viele – oft sogar gefährliche – Bergtouren unternommen und war daher völlig schwindelfrei. Trotzdem bekam sie feuchte Handflächen, als sie auf der Hälfte des Weges einen Blick nach unten wagte. Der harte, steinerne Boden des Tempels schien sie mit magischer Kraft hinunterzuziehen.

Lilo schüttelte den Kopf und atmete tief durch. Danach setzte sie ihre Klettertour fort. Das Krachen und Knacken der Holzleitern beunruhigte sie, aber sie beschloss, sich nicht weiter darum zu kümmern. Die Leitern würden schon halten.

Endlich hatte das Superhirn der Bande das obere Ende der Säule erreicht. Lilo klammerte sich an der

Steinplattform fest, die den Abschluss bildete, und drehte den Kopf. Ein warmer Wind wehte ihr ins Gesicht.

Auf vielen Säulen lagen Steinbalken, die früher einmal das Dach getragen haben mussten. Sie bildeten Stege zwischen den Säulen und ein geschickter Kletterer konnte sich ohne weiteres auf ihnen fortbewegen.

Ein leises Klopfen ließ die Junior-Detektivin zusammenzucken. Sie blickte in die Richtung, aus der das Geräusch kam, und entdeckte einen Mann in einem langen, blassblauen ägyptischen Gewand. Er wandte dem Mädchen den Rücken zu. Um den Kopf hatte er ein schwarzes Tuch geschlungen. Mit einem winzigen Hammer klopfte er auf dem Steinbalken herum, auf dem er kniete.

Lilo schluckte. Wieso war dieser Mann dem Professor nicht aufgefallen? Das Mädchen nahm allen Mut zusammen und rief: „He, Sie! Was tun Sie da?"

Der Mann reagierte nicht und setzte das Klopfen unbeirrt fort. Lieselotte spürte, dass sie der Lösung aller Rätsel hautnah auf der Spur war. Wer auch immer der Mann war, er durfte nicht unerkannt entkommen. Lilo, Superhirn, hatte sich schon einige Male auf ihren Instinkt verlassen und war niemals getäuscht worden.

Die Knie des Mädchens wurden weich, als es sich auf das flache Kapitell (= abgeflachtes, ausladendes oberes Ende einer Säule) schwang. „Hallo! Gehören Sie zu Professor Karloff?“, rief Lilo. Sie hatte das Gefühl, der Wind zerstreue ihre Stimme in alle Richtungen und nur ein heiseres Flüstern käme am Ohr des Mannes an. Als er wieder nicht reagierte, setzte Lieselotte zu einem lauteren Schrei an, doch die Worte blieben ihr im Hals stecken.

Mit einem Ruck drehte sich der Mann um. Unter dem schwarzen Tuch erkannte Lilo das zerfetzte Gesicht der roten Mumie. Die gespenstische Erscheinung streckte die Arme nach vorn und richtete sich auf. Wie ein Schlafwandler setzte sich die Mumie in Lieselottes Richtung in Bewegung.

LETZTE WARNUNG

Lilo brüllte aus Leibeskräften. Jetzt erst erkannte sie die rot bandagierten Hände und Füße der Mumie. Sie war es, sie sah genauso aus wie damals in dem unterirdischen Grab. Der Felsbalken, auf dem sich die Mumie befand, führte genau zu Lieselottes Säule.

Wieder schrie das Mädchen, aber wer sollte es hören? Ihre Freunde stiegen gerade in einen Jeep ein und waren viel zu weit entfernt. Von den anderen Wissenschaftlern war keiner zu sehen.

Schritt für Schritt näherte sich der einbalsamierte Tote Lieselotte.

„Er wird mich hinunterstoßen! Hinunterstoßen!" Dieser schreckliche Gedanke lähmte das Superhirn, das sonst immer wusste, was zu tun war.

„Runter … die Leiter!“, schoss es ihr durch den Kopf. Sie ließ sich auf die Knie und tastete mit den Beinen nach hinten. Dabei ließ sie die Augen keine Sekunde von der Mumie. Aber es war bereits zu spät. Die rote Mumie hatte sie erreicht und legte die Hände, von denen modrige rote Stofffetzen hingen, auf ihr Gesicht. Lilo war, als würde ihr jemand einen glühend heißen Speer durch die Wangen stechen. Die Mumie zog sie mit sanfter Gewalt in die Höhe. Der Schlitz in den Bandagen vor dem Mund öffnete sich und dahinter tauchten vertrocknete Lippen und braune Zähne auf. „Fort! Letzte Warnung! Fort!“ Ein heiseres Rasseln drang aus der Kehle der Mumie. Lilos Muskeln erschlafften. Das Mädchen konnte nicht mehr stehen und sank auf den rauen, harten Stein.

„Ist dort oben jemand?“, bellte in dieser Sekunde die Stimme von Professor Karloff aus dem Tempel.

Lilo konnte nicht mehr schreien. Mit letzter Kraft schaffte sie es, die Hand über den Rand des Kapitells zu strecken.

„Welcher Geistesgestörte ist denn das?“, schimpfte Professor Karloff. Am Knarren des Holzes erkannte Lilo, dass er nun nach oben kletterte.

Die rote Mumie drehte sich um und eilte über den Steinbalken davon. Mit weit aufgerissenen Augen beobachtete Lilo, wie die Mumie von dem Balken auf eine Säule und von dort ... in die Tiefe sprang. Lieselotte lauschte. Kein Aufprall. Kein Schrei. Kein Laut ertönte. Die rote Mumie schien sich in Nichts aufgelöst zu haben.

„Mädchen, bist du von allen guten Geistern verlassen? Was treibst du hier oben?“, schimpfte der Professor, als er Lilo erreichte. Schon fast väterlich strich er ihr über das blonde Haar, das schweißnass an ihrem Kopf klebte.

„Die rote Mumie! Sie ist hier gewesen und gesprungen ... aber ... nicht aufgeprallt“, stammelte Lilo und deutete in die Richtung, in der die Gruselgestalt verschwunden war. Lieselotte konnte sich auch täuschen, aber die Worte „rote Mumie“ schienen den Professor zu erschrecken. Für den Bruchteil einer Sekunde wich die gefühllose Starre aus seinem Gesicht. Doch dann hatte sich der Wissenschaftler wieder gefasst und meinte: „Dort drüben befindet sich ein Gerüst, weil Kollegen die Hieroglyphen-Inschriften auf den Säulen studieren. Falls hier wirklich eine rote Mumie war, wird sie auf die oberste Plattform gesprungen und nach unten geklettert sein. Das Gleiche werden wir jetzt auch machen. Komm, Mädchen!“

In einem Jeep brachte Frau Klingmeier die Knickerbocker-Bande zurück ins Lager. Unterwegs hielt sie bei einem ägyptischen Arzt, den sie selbst schon einmal aufgesucht hatte. Zum Glück konnte er bei Axel nicht mehr als einen schweren Schock feststellen. Er verordnete dem Jungen Bettruhe. Ohne Widerspruch trat sie der Junior-Detektiv sofort nach der Rückkehr ins Zeltlager an. Die Spritze, die ihm der Doktor ins Hinterteil gejagt hatte, ließ ihn tief und fest schlafen.

Lilo hingegen war wacher denn je. Sie hatte sich von der schrecklichen Begegnung bereits wieder einigermaßen erholt. Vorsichtshalber hatte sie Axels Mutter nicht viel über den Vorfall erzählt. Sie würde sich nur aufregen und außerdem die Fragen nicht beantworten können, die Lieselotte nun hatte.

„War Frau Dr. Dominsky heute auch in Karnak?", wollte sie wissen. Axels Mutter verstand nicht, wieso sich das Mädchen dafür interessierte.

„Nein … sie … sie arbeitet an der Ausgrabung der unterirdischen Grabstätte mit", antwortete sie zögernd. „Die drei Wissenschaftler sind jeder an einem anderen Projekt tätig."

Lilo bedankte sich für sie Auskunft und schlenderte von den Zelten fort. In ihrem Kopf arbeiteten die kleinen grauen Zellen auf Hochtouren.

„Diese Stella Dominsky ist die rote Mumie. Sie will uns von hier wegbekommen. Dazu schreckt sie nicht einmal vor einem Mord zurück." Eigentlich konnte aber auch Doktor Schell die Mumie sein. Oder ... Trotz der Affenhitze wurde das Mädchen von einem kalten Schauer geschüttelt. Oder ... es war tatsächlich eine Mumie. Ein Rächer aus dem Reich der Toten, der die Wissenschaftler vertreiben wollte, damit die verstorbenen Könige ungestört ruhen konnten. Aber warum wandte sich die Mumie dann immer an die Knickerbocker-Bande und nicht an die Forscher persönlich?

Völlig überraschend und plötzlich ließ jemand von hinten seine Hand auf die Schulter des Mädchens sausen und packte mit eisernem Griff zu. So fest, dass Lilo sich nicht einmal umdrehen konnte, um zu sehen, wer sich angeschlichen hatte.

WENN DIE KOBRA KOMMT …

Lieselotte wand sich wie eine Schlange hin und her und versuchte sich loszureißen. Eine tiefe, bellende Stimme ließ einen Wortregen auf sie niederprasseln, von dem sie keine Silbe verstand. Am Klang der Sprache erkannte sie nur, dass es sich um Arabisch handeln musste.

Der Angreifer presste seine Finger wie Stahlzangen auf ihre Schlüsselbeine und Lieselotte schrie vor Schmerz laut auf. Da sie keinen anderen Ausweg mehr wusste, sprang sie mit beiden Beinen gleichzeitig vom Boden weg und trat wie ein ausschlagender Esel nach hinten. Volltreffer! Sie hatte an diesem Tag grobe Lederschuhe mit harten Absätzen an und traf damit den Angreifer an den Schienbeinen. Er schrie auf und lockerte seinen Griff ein wenig.

Lilo nützte die Gelegenheit, riss sich los und wirbelte herum.

Hinter ihr stand ein junger, sehr dunkelhäutiger Araber in Jeans und weißem Hemd. Er schien zu schimpfen und zu fluchen und drohte dem Mädchen mit der erhobenen Faust.

„Lassen Sie mich in Ruhe! Wer sind Sie überhaupt?“, fuhr ihn Lieselotte an. Mit dieser Frage wollte sie Zeit gewinnen. Sie musste unbedingt an diesem Mann vorbei und zurück ins Lager. Doch er stand ihr genau im Weg. Was sollte sie also tun?

„Du sprichst Deutsch?“, fragte der Mann erstaunt in ihrer Sprache. Lilo blickte den Burschen überrascht an. „Oh nein!“ Er schlug sich mit der flachen Hand auf die Stirn und pfiff durch die Zähne. „Bist du am Ende eines der Kinder, die zu Frau Klingmeier zu Besuch gekommen sind?“

Das Superhirn der Knickerbocker-Bande nickte.

Der Mann ging auf Lilo zu und streckte ihr die Hand entgegen. Lieselotte traute dem Frieden aber nicht und wich zurück.

„Entschuldige, ich habe mich wie ein Vollidiot benommen. Aber als ich dich in Richtung Wüste gehen sah, kam mir plötzlich der Verdacht, dass du den Schmuck gestohlen haben könntest. Deshalb habe ich dich gepackt. Tut mir wirklich Leid! Mein

Name ist Hamed." Der junge Mann hatte ein freundliches, sehr fein geformtes Gesicht. Lilo erinnerte es an einen Wüstenprinz, doch dieser Gedanke kam ihr dann doch zu kitschig vor. Zögernd reichte sie Hamed die Hand.

„Ich heiße Lieselotte Schroll!", stellte sie sich vor. Hamed verneigte sich tief und witzelte: „Ich hoffe, du nimmst meine Entschuldigung an."

Lilo nickte gnädig. „Was tust du hier bei den Wissenschaftlern?", erkundigte sie sich.

„Ich bin selbst Archäologe, besser gesagt, Ägyptologe. Studiert habe ich in Wien. Daher meine Deutschkenntnisse. Ich arbeite für das Ägyptische Museum und mein Spezialgebiet ist Schmuck."

Lilo ließ den Mann keine Sekunde aus den Augen. Hamed war freundlich, doch zugleich unnahbar. Er sprach ein wenig leiernd und hochnäsig, versuchte aber fröhlich zu erscheinen. An der rechten Hand trug er einen schwarzen Lederhandschuh. Warum, das wollte Lilo möglichst schnell herausfinden. „Was hast du vorhin mit dem gestohlenen Schmuck gemeint?", erkundigte sie sich.

Hamed machte sich auf den Rückweg zu den Zelten und Lilo marschierte mit einem kleinen Abstand neben ihm. „Wir haben in der Grabkammer, die wir gerade untersuchen, gestern große Mengen

Schmuck entdeckt. Es ist die letzte Ruhestätte einer ägyptischen Königin, der Halsbänder und Armbänder aus Gold und Perlen mitgegeben wurden. Private Sammler bieten für Schmuck dieser Art hohe Preise."

Lieselotte kämpfte mit sich. Sollte sie etwas von Axels Beobachtungen in der vergangenen Nacht berichten? Sie beschloss, es für sich zu behalten.

„Die ägyptischen Helfer werden von den Wissenschaftlern nach der Öffnung einer Grabkammer nie hineingelassen. Doch einer der Männer war neugierig und hat seinen Kopf hineingesteckt. Er will ein Mädchen mit langen blonden Haaren beobachtet haben, das sich an den Schmuckstücken zu schaffen gemacht hat. Es war allein in der Grabkammer, während wir eine kleine Pause eingelegt und unseren Nachmittagstee getrunken haben."

Lieselotte blieb mit einem Ruck stehen. „Wann war das genau?", wollte sie wissen. „Ich meine, die Uhrzeit?" Hamed überlegte kurz und antwortete: „Fünf, es war nach fünf Uhr!"

In Lilos Kopf wirbelten die Gedanken. Eigentlich sollte die Knickerbocker-Bande bereits um drei Uhr ankommen. Dann hätte sie – Lieselotte – tatsächlich um fünf Uhr in der Grabkammer sein können. Es hatte sich jemand als Lilo verkleidet, um einen möglichen Verdacht auf sie zu lenken. Aber wer war das? Auf jeden Fall musste es jemand sein, der von ihrer Verspätung keine Ahnung gehabt hatte. Und woher hatte derjenige gewusst, wie Lilo aussah?

Das Superhirn verabschiedete sich hastig von Hamed und raste zu Frau Klingmeier.

„Haben Sie eigentlich das Taxi zum Flughafen geschickt, das uns abholen sollte?", wollte Lilo wissen. Axels Mutter nickte. „Jaja, und der Fahrer hatte den Auftrag auf euch zu warten, auch wenn ihr Verspätung habt, und euch zu dem neu entdeckten Grab zu bringen. Ich konnte nicht ahnen, dass ihr sechs Stunden zu spät ankommen würdet. Ich bin nach der Arbeit, gegen neun Uhr, selbst zum Flughafen gefahren, aber zu diesem Zeitpunkt wart ihr bereits in Richtung Grab unterwegs."

Lilo brannte noch eine Frage auf der Zunge. „Haben Sie jemals ein Foto von der Knickerbocker-Bande herumgezeigt?"

Frau Klingmeier nickte. „Natürlich, die Zeitungsartikel über euch habe ich allen unter die Nase gehalten. Egal, ob er sie interessiert hat oder nicht. Und jede Menge Fotos von euch vieren. Wieso fragst du?"

Lieselotte gab keine Antwort, sondern rannte ins Freie und hastete zu dem Zelt von Professor

Karloff. Er war der Leiter der Forschergruppe. Sie musste ihm nun alles melden. „Herr Professor!", rief sie vor dem Zelteingang. Doch es kam keine Antwort. „Herr Professor!", wiederholte Lilo. Aus dem Zelt kam nur das aufgeregte Piepsen eines kleinen Vogels. Er musste sich darin gefangen haben. Lieselotte blickte nach beiden Seiten und als niemand zu sehen war, öffnete sie den Reißverschluss und streckte den Kopf in das Innere. Ihr Blick fiel sofort auf einen kleinen Käfig, in dem ein goldgelber Kanarienvogel in Panik herumflatterte. Er schlug immer wieder gegen die Gitterstäbe, doch das schien ihn nicht bremsen zu können. Lilo ging näher und redete beruhigend auf ihn ein. „Was ist denn mit dir?"

Zu spät hörte sie das Zischen hinter sich. Als sie den Kopf drehte, stockte ihr der Atem. Hinter ihr, genau vor dem Zelteingang, ringelte sich eine Kobra auf dem Boden. Sie hatte sich aufgerichtet und den Nackenschild gebläht. Die Kobra schien es auf den Kanarienvogel abgesehen zu haben und war bereit zum Angriff. Lilo stand nun genau in ihrer „Schusslinie". Lieselotte erstarrte. Sie war unfähig sich zu bewegen. Gebannt starrte sie auf das Maul der Schlange. Noch war es geschlossen. Doch beim Angriff würde die Kobra es weit aufreißen und die

Giftzähne ausklappen. Das Gift der Kobra wirkte fast immer tödlich.

Es war nur noch eine Frage von Sekunden, bis es so weit war. Die Schlange beugte den Kopf langsam nach hinten, um dann mit vollem Schwung auf ihr Opfer zu zuzuschießen. Dieses Opfer würde Lieselotte sein.

ZURÜCK NACH HAUSE?

Bisher hatte Lieselotte einen Teil des Vogelkäfigs mit ihrem Körper verdeckt. Dummerweise flatterte das Tier nun aber wieder in den Teil, der für die Kobra sichtbar war. Die Schlange mit dem tödlichen Gift schien es sofort zu bemerken. Sie machte sich für den Angriff bereit und … ein leises Zischen und ein scharfer Knall ertönten. Die Schlange war in die Höhe gesaust. Lieselotte schlug reflexartig die Hände vor das Gesicht und bildete sich ein, den Biss im Bein zu spüren. Sie rechnete mit schrecklichen Schmerzen. Wahrscheinlich würde sie ersticken oder sich in Krämpfen über den Boden wälzen.

Doch es geschah nichts. Lieselotte wartete noch einige Sekunden und nahm dann langsam die Hände vom Gesicht. Lilos erster Blick fiel auf den

Boden. Die Schlange war fort. Der Platz, auf dem sie sich geringelt hatte, war leer. Danach drehte sie sich zum Kanarien-Käfig. Der Vogel schien beruhigt und saß stumm auf seiner Stange. Er lebte. Die Schlange hatte nicht versucht, durch die Gitterstäbe zu ihm zu gelangen, obwohl der Käfig nur auf einem niedrigen Hocker stand und für sie erreichbar war.

Wohin war das Tier verschwunden? Hatte es sich verkrochen? Warum hatte es weder Lilo noch den Kanarienvogel angegriffen?

Jetzt erst bemerkte Lilo, dass der Zelteingang offen stand. Hamed streckte seinen Kopf herein und fragte: „Alles in Ordnung?"

Lieselotte nickte. „Da war … eine Kobra!", stieß sie hervor. Hamed deutete nach draußen. Lilo war froh, aus dem Zelt zu kommen, und stolperte dem jungen Ägypter hinterher. Im Sand lag schlaff und leblos die Kobra. Lilo starrte sie völlig fassungslos an.

Hamed hob die Hand mit dem Handschuh, in der er eine geflochtene Lederpeitsche hielt. „Damit habe ich sie erlegt", erklärte er dem Mädchen. „Ich bin gerade am Zelt vorbeigekommen und habe das Kreischen des Vogels gehört. Ich kenne mich bei diesen Tieren aus und habe erkannt, dass er bedroht wurde. Aus diesem Grund habe ich nachgesehen, dabei die Giftschlange erblickt und getötet. Sonst hätte *sie* nämlich getötet."

Noch am selben Abend wurde das Lager der Archäologen in ein Hotel nach Luxor verlegt. „Die Vorkommnisse der beiden letzten Tage zwingen mich dazu", lautete die Begründung von Professor Karloff für den Standortwechsel.

Während die ägyptischen Arbeiter die Kostbarkeiten und Schätze der Königin aus dem Lagerzelt in eine Garage des Hotels transportierten, rief der Leiter der Gruppe seine Mitarbeiter zu sich. Die Knickerbocker-Freunde durften an der Versammlung nicht teilnehmen. Professor Karloff hatte es ausdrücklich verboten.

Er saß mit Dr. Schell, Stella Dominsky, Hamed und Frau Klingmeier vor seinem Zelt und redete auf die Forscher ein. Dabei blickte er mit seinen stechenden Augen langsam von einem zum anderen.

Er ahnte nicht, dass Dominik, Lilo und Poppi jedes Wort, das er sprach, hören konnten. Dominik hatte zu seinem letzten Geburtstag ein Richtmikrofon geschenkt bekommen, das es ermöglichte, Gespräche zu belauschen, die in vielen Metern Entfernung stattfanden.

Die Junior-Detektive hatten sich auf dem angrenzenden Hügel hinter einem Stein versteckt und den schüsselförmigen Schallfänger des Mikrofons auf den Professor gerichtet. Über kleine Kopfhörer waren sie so bei der Unterredung mit dabei.

„Wir sind hergekommen, um das Grab von Noscha, der Herrscherin über Ober- und Unterägypten zu finden", sprach der Archäologe und seine Stimme klang hart und drohend. „Wir haben es entdeckt, doch auf unerklärliche Weise sind mehrere Schmuckstücke nach der Öffnung der Grabkammer gestohlen worden." Die anderen schwiegen betroffen. „Seit der Ankunft Ihres Sohnes, Frau Klingmeier, treibt sich jemand in der Verkleidung einer roten Mumie herum. Von uns hat noch keiner diese Gestalt zu Gesicht bekommen, was mich vermuten lässt, dass die Kinder uns an der Nase herumführen."

Frau Klingmeier sprang wütend auf und fuhr den Professor an: „An der Nase herumführen? Die Kinder hätten in der Grabkammer ums Leben kommen können! Wieso hatten Sie eigentlich an jenem Abend keine Wachen davor aufgestellt?"

Der Professor antwortete sofort und scharf: „Jemand hat sie fortgeschickt. Genaueres war aus ihnen nicht herauszubekommen."

„Die Kinder würden niemals lügen, und es ist eine Tatsache, dass der Stein im Tempel von Karnak auf sie geworfen wurde."

„Dass er auf sie gefallen ist!", verbesserte Karloff Axels Mutter. „Frau Klingmeier, Sie sind als meine Assistentin eingestellt worden und werden gut bezahlt. Ich fordere Sie auf, die Kinder umgehend zurückzuschicken. Ich misstraue den vier Gören!"

Axels Mutter presste die Lippen aufeinander. Dominik konnte es durch sein Fernrohr genau erkennen. Bestimmt kochte sie innerlich.

„Dr. Schell, Sie setzen morgen die Hieroglyphen-Aufzeichnungen in Karnak fort. Frau Dr. Dominsky, Sie sind für die sorgfältige Untersuchung der Grabkammer zuständig. Die Anlage unterscheidet sich von anderen Gräbern, in denen sonst kaum Tiermumien *und* ein königlicher Leichnam zu finden waren. Ich vermute, dass sich im Grab der Zugang zu weiteren Gräbern befindet. Und Sie, Kollege Moussa …", der Professor zeigte auf Hamed, „Sie bringen die Fundstücke in das Museum von Kairo."

„Dann könnte ich auch gleich die Kinder begleiten. Allein sollte man sie jetzt nicht auf den Weg schicken", schlug Hamed vor. Frau Klingmeier nickte ihm dankbar zu.

Die Nächte in Ägypten waren kalt. Manchmal sogar eiskalt. Aus diesem Grund waren die vier Knickerbocker froh, endlich in einem Hotel zu übernachten.

An Schlaf war für Poppi, Dominik und Lieselotte trotzdem nicht zu denken. Nur bei Axel wirkte die Beruhigungsspritze noch immer.

Dominik stand am Fenster und blickte hinaus in die Nacht. Das silbrige Mondlicht lag auf den Bäumen und Sträuchern, die saftig und grün entlang des Nilufers wuchsen, und ließ die Wasseroberfläche des Flusses glitzern. Wie Silberstaub, der auf den Wellen schaukelte, sah das Funkeln aus.

Poppi wälzte sich in ihrem Bett und kam nicht zur Ruhe. „Lilo", flüsterte sie, „Lilo, ich fürchte mich. Wenn ich die Augen zumache, dann kommt die rote Mumie."

Lilo legte ihr beruhigend die Hand auf den Arm. „Brauchst keine Angst zu haben", murmelte sie. „Die rote Mumie kommt bestimmt nicht ins Hotel herein. Der Portier schaut nämlich wie eine bissige Bulldogge aus. An dem kann sie nicht vorbei."

Plötzlich drehte sich Dominik um und starrte Lieselotte mit großen Augen an. „Du ... du hast mir doch erzählt, dass ein Mädchen mit langen blonden Haaren den Schmuck gestohlen hat. Glaubst du, der ägyptische Arbeiter hat das Mädchen nur von hinten gesehen?“

Lilo verstand die Frage nicht. „Hmmm … ja, ich glaube schon!“, antwortete sie leise.

„Du, dann weiß ich vielleicht, wer das war!“

PACKPAPIER AUS MUMIEN

„Herr Professor Karloff, bitte, ich muss mit Ihnen reden!“ Lilo stand im Frühstückssaal des Hotels vor dem Tisch des Archäologen und versuchte seine Aufmerksamkeit zu gewinnen. Doch der Forscher würdigte das Mädchen keines Blickes.

Dr. Schell und Dr. Dominsky schienen nicht genau zu wissen, wie sie sich verhalten sollten. Deshalb säbelten sie an dem zähen gebratenen Speck auf ihren Tellern herum und blickten nicht auf.

„Ich wünsche euch eine gute Heimreise“, sagte Professor Karloff. Er ließ das Superhirn der Knickerbocker-Bande genau spüren, dass er das Gespräch für beendet ansah. Eigentlich hatte Lieselotte den Professor unter vier Augen sprechen wollen. Doch nun blieb ihr keine andere Wahl. „Ich weiß ziemlich sicher, wer den Schmuck gestohlen hat! Der Dieb ist einer Ihrer Mitarbeiter!"

Professor Karloff sprang auf und hob die Hand zu einer Ohrfeige. Gleich darauf ließ er sie wieder sinken. „Ich habe von euren Detektivspielereien schon gehört. Solange nicht ehrenwerte Personen beschuldigt werden, habe ich auch nichts dagegen. Doch das geht zu weit. Euer Flugzeug startet in einer Stunde. Höchste Zeit aufzubrechen. Adieu!"

Der harte, kalte Blick, den ihr der Professor zuwarf, ließ keinen Widerspruch zu. Wütend stampfte Lilo mit dem Fuß auf und marschierte davon. Sie kochte innerlich. Wenn es etwas gab, das sie nicht ausstehen konnte, dann das: Wie ein kleines Kind behandelt zu werden.

„Hast du ihm meinen Verdacht unterbreiten können?", erkundigte sich Dominik bei Lieselotte, als sie in die Vorhalle des Hotels kam. Dort hatten die anderen drei schon ungeduldig auf sie gewartet. „Seid bloß still!", fuhr Lilo sie an. „Und quatsch nicht immer so geschraubt und verblödet!", schleuderte sie dem verdutzten Dominik ins Gesicht.

„Schnell, sonst verpassen wir das Flugzeug!" Hamed kam von draußen hereingestürzt und trieb die Knickerbocker-Bande zur Eile an. Axel verabschiedete sich hastig von seiner Mutter, die den anderen nicht einmal mehr die Hand reichen konnte. Den Namen der verdächtigen Person hatten die Junior-Detektive ihr auch nicht mitteilen können. Das war auch demjenigen klar, der hinter einer Palme in der Empfangshalle stand und die Verabschiedung beobachtete.

Kaum waren die vier Knickerbocker abgefahren, wurde der Portier von dem heimlichen Beobachter nach dem nächsten Flugzeug nach Kairo gefragt. Außerdem musste er im Flugplan nachsehen, wann von Kairo die Maschine nach Österreich abflog.

„Das ist genug Zeit!“, überlegte der heimliche Beobachter. „Das reicht, um die vier Kröten für immer zum Schweigen zu bringen. Außerdem kann ich mit ihnen ein hübsches Sümmchen Geld verdienen.“ Er hatte einen schrecklichen Plan.

Lilo kauerte in ihrem Flugzeugsessel und schob schmollend die Unterlippe vor. Sie hatte die Arme vor der Brust verschränkt und schäumte innerlich. So sehr war sie noch nie gedemütigt worden. Sie drehte den Kopf und blickte durch das Flugzeugfenster nach unten.

Wie ein langes, dünnes blaues Band schlängelte sich der Nil durch die Wüste. Links und rechts waren an seinen Ufern schmale, grüne Streifen erkennbar. Mit einfachen Schaufelrädern wurde wie vor tausend Jahren das Wasser aus dem Fluss geschöpft und das Land damit bewässert. Nur deshalb war hier der Anbau von Orangen, Mais, Baumwolle und Gemüse möglich.

Lilo wusste, dass früher die Bauern jedes Jahr auf die große Überschwemmung gewartet hatten. Der Nil trat dann über seine Ufern und brachte fruchtbaren Schlamm auf ihre Äcker. Heute war das anders. Am Oberlauf des Flusses war ein riesiger Staudamm errichtet worden: Der Assuan-Staudamm. Seither blieben die Überschwemmungen aus, doch mit ihnen auch der wertvolle Schlamm. Ein großes Problem für die ägyptischen Bauern.

„Sollen wir Hamed alles erzählen?", flüsterte Axel seiner Freundin Lilo zu.

Lilo schüttelte stumm den Kopf. „Vielleicht macht er gemeinsame Sache mit dem Dieb", murmelte sie.

In diesem Augenblick erhob sich der junge Ägypter, der eine Reihe weiter vorn saß, und drehte sich nach hinten zu den Knickerbocker-Freunden. „Eure Maschine fliegt erst um 22 Uhr ab", sagte er. „Das heißt, ihr habt noch den ganzen Tag, um Kairo zu besichtigen. Ich könnte vom Flughafen aus Freunde verständigen, die euch herumführen."

Die vier Junior-Detektive schwiegen. Ihre Stimmung war auf dem Nullpunkt. Außerdem waren alle hundemüde und erschöpft. „Wie wäre es mit dem Zoo von Kairo? Dort lebt eine 400-jährige Elefanten-Schildkröte!", schlug Hamed vor.

„Zoo ist etwas für Kleinkinder, zu denen wir uns nicht mehr zählen!", knurrte Lieselotte.

„Es gibt auch eine Villa, in der ihr sehen könnt, wie früher Papier hergestellt wurde. Man verwendete die Papyruspflanze. Ihr Stamm wurde in dünne, lange Streifen geschnitten, die nebeneinander gelegt und gepresst wurden. Ihr fahrt mit einem Boot zu der Villa und seht unterwegs Statuen der altägyptischen Götter Isis, Osiris und vieler anderer. Außerdem nisten im Papyrusdickicht Vögel und im Wasser schwimmen Krokodile."

„Bekommst du etwas bezahlt, wenn wir dorthin gehen?", wollte Axel wissen. Als Hamed verneinte, meinte der Junge: „Dann verstehe ich nicht, wieso du hier Werbereden schwingst!"

Der junge Forscher war sauer. Er war ein typischer Ägypter. Sehr gastfreundlich und fröhlich. Er lachte gerne, auch über sich selbst. Doch er hatte seinen Stolz und ließ sich nicht von vier Kindern lächerlich machen. „Dann werdet ihr mich in das Ägyptische Museum begleiten!", setzte er fest.

Zwei Stunden später schlenderten Axel, Lilo, Poppi und Dominik durch die hohen Hallen des Museums. Sie bestaunten die Statuen der Pharaonen, die mehrere tausend Jahre alt waren, und interessierten sich vor allem für den Mumien-Saal. Hamed war ein geduldiger Führer. Zeit hatte für ihn keine Bedeutung und er schien seine Termine vergessen zu haben.

„Hier, das ist Pharao Sekenenre", erklärte er den vieren und deutete auf eine lange Glasvitrine. In ihr lag der mumifizierte Körper des Herrschers. Seine Hände schienen verkrampft und seine Lippen vom Schmerz verzerrt. „Er ist ermordet worden", erläuterte der junge Ägyptologe. Danach führte er die Knickerbocker zu einer Mumie, die in Blumengebinden eingewickelt worden war. Sogar eine Wespe war dabei einbalsamiert worden. Er zeigte einen Herrscher mit einem Klumpfuß und die Königin Nofretiri, die kahlköpfig war und eine Perücke trug.

„Ihr könnt euch gar nicht vorstellen, was die Menschen mit Mumien schon alles angestellt haben", erzählte Hamed. „Sie wurden als Brennmaterial verwendet und verheizt. Im Mittelalter waren sie ein beliebtes Arzneimittel. Mumienpulver, Mumiensalben, Mumienhaut und Mumienteile wurden als Heilmittel gegen Herzbeschwerden, Magenvergiftungen und Knochenbrüche empfohlen."

Poppi schüttelte sich angewidert. Doch es kam noch kurioser.

„Die Menschen haben sich Mumien in die Wohnräume gestellt, so wie das viele Europäer und Amerikaner heute mit Rüstungen tun. Ein Amerikaner ist sogar auf die Idee gekommen, aus Mumien Papier zu erzeugen. Doch die Stoffe, die beim Einbalsamieren verwendet wurden, haben das Papier braun verfärbt. So entstand das heutige Packpapier!"

„Gab es auch rote Mumien?", fragte Lilo plötzlich. Hamed schien für den Bruchteil einer Sekunde überrascht. „Ja, sicherlich", meinte er dann. „Es gab alle Arten von Mumien."

Lieselotte ließ nicht locker. „Hast du schon einmal von der roten Mumie gehört?" Hamed zögerte. Er schien sich die Antwort genau zu überlegen.

DIE RACHE DER ROTEN MUMIE

Schließlich nickte er und meinte: „Ja, mir ist bekannt, dass es eine rote Mumie gibt!"

„Wo ist sie gefunden worden?", wollte Axel wissen. „In der Wüste, ungefähr zehn Kilometer von den Pyramiden entfernt. An einem Ort, an dem niemand ein Grabmal vermutet hätte. Sie lag in einer Pyramide, von der heute nicht einmal mehr die Spitze aus dem Sand guckt. Das Bauwerk wurde im Laufe der Jahrtausende zugedeckt."

„Und? Ist an der roten Mumie etwas Besonderes dran?", bohrte Dominik weiter. Hamed nickte. „Ja! Bereits einen Tag, nachdem sie gefunden wurde, war sie verschwunden. Mit ihr der goldene Sarkophag, in dem sie gelegen hatte. Wie ihr wisst, waren die Mumien der Pharaonen stets in vielen ineinander geschachtelten Särgen bestattet. Manche dieser Särge hatten die Form eines Körpers und waren aus Gold. Aus purem Gold."

Nun war auch Poppi neugierig geworden. „Erzähl weiter, das klingt irre spannend", verlangte sie. Hamed zuckte mit den Schultern. „Viel mehr weiß ich auch nicht. Ein Kollege hat mir von dem Vorfall berichtet. Angeblich sind in der Grabkammer Hieroglyphen gefunden worden. Der Inhalt lautete: ‚Die rote Mumie wird jeden Grabräuber heimsuchen und mitnehmen in das Reich der Toten. Doch vorher wird sie ihm das Leben im Diesseits mit Höllenqualen erfüllen.' Ja, so ähnlich hat die Weissagung gelautet."

Lieselotte stellte Hamed jetzt noch eine letzte, aber äußerst wichtige Frage: „Glaubst du uns? Glaubst du, dass wir die rote Mumie gesehen haben?" Lieselotte fixierte den dunkelhäutigen jungen Mann und ließ ihm keine Möglichkeit, Ausflüchte zu suchen.

Hamed blickte von einem Knickerbocker zum anderen und schlenderte dann weiter durch die Hallen, vorbei an riesigen Steinstatuen von Pharaonen. Mit einem Ruck drehte sich der Ägypter schließlich zu Axel, Lilo, Poppi und Dominik um und antwortete: „Ja! Ja, ich glaube euch. Zwischen

Himmel und Erde gibt es nämlich mehr, als die meisten Menschen der heutigen Zeit sich vorstellen können. Aber ich bin sicher, die rote Mumie wollte euch kein Leid zufügen. Ihr Auftauchen hat einen anderen Grund."

„Welchen?", fragten die vier Junior-Detektive im Chor.

Hamed schwieg. „Wer zu viele Fragen stellt, bekommt zu viele Antworten und das ist nicht gut!", meinte er.

Nicht einmal drei volle Tage hatte der Aufenthalt der Knickerbocker-Bande in Ägypten gedauert. Sie blickten missmutig aus dem Fenster des Taxis, das sie zum Flugplatz brachte. Die Fahrweise der Bewohner Kairos war atemberaubend. Der Chauffeur fluchte und schimpfte und drückte immer wieder wütend auf die Hupe. Gefährliche Überholmanöver schienen ihn dafür wenig aufzuregen. Er war offenbar daran gewöhnt.

„Wenn wir unfallfrei den Flugplatz erreichen, grenzt das an ein Wunder!", brummte Dominik und schloss entsetzt die Augen. Völlig unerwartet kam nämlich ein Lastwagen von links aus einer Seitengasse geschossen und donnerte vor dem Taxi über die Straße. Nur durch eine halsbrecherische

Notbremsung konnte der Fahrer einen Zusammenstoß verhindern. Nach einem wütenden Wortschwall setzte der Ägypter die Fahrt fort.

Aus dem Radio kamen Stimmen, die sich nach einem Gebet anhörten. Obwohl mitten in der Fahrt, verneigte sich der Mann dreimal auf das Lenkrad zu.

Es war Abend und das Leben in der Stadt blieb turbulent wie tagsüber. Die Knickerbocker konnten sich nicht an die Armut und den Schmutz auf den Straßen gewöhnen. Sie stimmten sie traurig. Noch trauriger, als sie ohnehin schon waren.

„Das wars dann wohl", sagte Axel, als sie ihr Gepäck beim Flugschalter auf das Förderband stellten. Sie nahmen ihre Einstiegskarten in Empfang und begaben sich zur Passkontrolle.

„Mister Axel Klingmeier, please come to the information desk!", meldete sich eine Frauenstimme über Lautsprecher. Die vier Freunde blickten einander überrascht an. Was hatte das zu bedeuten?

Axel zuckte mit den Schultern. „Ist doch klar, mein Muttertier möchte auf Nummer sicher gehen, dass wir Richtung Heimat unterwegs sind." Er blickte sich im Menschengewirr suchend um und deutete dann in Richtung Eingang, wo ein großes „I" an einem Schalter angebracht war.

Axel nannte seinen Namen, worauf ihm der Mann hinter der Theke einen Umschlag aus billigem Papier zuschob. Der Junge hatte keine Gelegenheit, weitere Fragen zu stellen, denn der Ägypter wandte sich bereits anderen Touristen zu, die seine Hilfe benötigten.

Lilo spähte über Axels Schulter und rief: „Ein Telegramm! So etwas Altmodisches … wer schickt dir ein Telegramm auf den Flugplatz?"

Axel riss es auf und seine Freunde sahen, dass seine Finger zitterten. Er zog einen grauen Zettel heraus und überflog die Nachricht, die mit Kugelschreiber darauf gekritzelt war. Stumm reichte er sie weiter. Lilo, Dominik und Poppi beugten sich über das Papier und trauten ihren Augen nicht.

STEIGT UNTER KEINEN UMSTÄNDEN IN DAS FLUGZEUG … STOPP … EIN FAHRER WARTET VOR DEM FLUGHAFEN IN EINEM SCHWARZEN MERCEDES … STOPP … ER BRINGT EUCH IN DAS HOTEL NIL … STOPP … ICH RUFE EUCH DORT NOCH HEUTE NACHT AN … STOPP … MUTTER … STOPP:

„Was soll das heißen?", fragte Poppi aufgebracht. „Ich meine, wieso sollen wir nicht nach Hause?"

„Deine Mutter scheint etwas erfahren zu haben. Das ist eine Warnung. Eindeutig!", rief Lieselotte. Dominik dachte sofort an das Praktische: „Wir müssen unser Gepäck zurückholen. Das wird sicherlich mit Schwierigkeiten verbunden sein."

„Zuerst gehen wir nach draußen und suchen den schwarzen Mercedes", entschied Lilo. „Wir müssen uns beim Fahrer melden!"

Die vier Freunde traten in die kühle Abendluft hinaus und blickten sich um. „Dort!", rief Poppi und deutete nach rechts. Zwischen zwei verbeulten Taxis parkte ein schwarzer Wagen. Axel, Lilo, Poppi und Dominik liefen darauf zu. Sofort griff der Fahrer vom Vordersitz aus nach hinten und öffnete die Wagentür. Lieselotte streckte ihren Kopf hinein und fragte, ob er von Frau Klingmeier beauftragt worden war.

Der Fahrer nickte und bedeutete den Knickerbockern schnell einzusteigen. „Hurry, hurry, quick!", rief er. Lieselotte nahm auf dem Vordersitz Platz. Poppi und Dominik schoben sich auf den Rücksitz.

Gerade als Axel ihnen folgen wollte, durchzuckte ihn siedendheiß ein entsetzlicher Gedanke. „Raus!", schrie er und zerrte Poppi am Arm. „Das Telegramm, das … das ist nie von meiner Mutter! Da will uns jemand in eine Falle locken!"

DIE FRIEDHOFSSTADT

Zu spät! Es gab kein Zurück mehr! Der Fahrer, den sich die Junior-Detektive bisher nicht genauer angesehen hatten, trat auf das Gaspedal und raste los. Axel wurde von der offenen Hintertür am Bein getroffen und sank stöhnend zu Boden. Stechende Schmerzen pochten in seinem Knie.

Die Reifen quietschten, als der schwarze Mercedes um die Ecke schlitterte und in der Nacht verschwand. „Halt! Aufhalten!“, brüllte der Junge. Doch es war zu spät. Viel zu spät.

Axel traten die Tränen in die Augen. Er heulte aus Wut und Verzweiflung. Wieso war ihm erst jetzt eingefallen, dass Frau Klingmeier niemals mit „Mutter“ unterschreiben würde. Sie konnte dieses Wort nicht ausstehen. Wo wurden seine Freunde nun hingebracht? Was sollte er tun? Würde ihm die Polizei von Kairo diese Geschichte glauben? Wie konnte er sich mit seiner Mutter in Verbindung setzen?

Das Allerschrecklichste fiel ihm erst jetzt ein. Er hatte kein einziges ägyptisches Pfund mehr in der Tasche.

Axel erhob sich ächzend und humpelte zur Abflughalle zurück. Vielleicht gab es hier jemanden, der ihm helfen konnte.

„Hallo, Junge, wo sind die anderen?", hörte er plötzlich eine Stimme neben sich. Axel drehte den Kopf und stotterte völlig verdutzt: „Sie ... Sie ... was machen Sie denn hier?"

Der schwarze Mercedes raste mit hoher Geschwindigkeit durch die nächtlichen Straßen. Rund um den Flughafen hatte dichter Verkehr geherrscht, der ein schnelles Vorwärtskommen unmöglich gemacht hatte. Doch nachdem der Fahrer diesen Bereich hinter sich gebracht hatte, konnte er ungehindert rasen.

Zuerst hatten Lilo, Poppi und Dominik vor Angst geschrien. Lieselotte hatte es sogar gewagt, auf den Fahrer einzuschlagen. Als dieser dann aber ein Messer zückte, ließ sie es schnell wieder bleiben.

Rot! Eine Verkehrsampel zeigte rot. „Nun muss er halten und wir springen aus dem Wagen!“, beschloss Lilo. Als der Fahrer auf das Bremspedal stieg, rief sie den jüngeren Mitgliedern der Bande zu: „Raus! Schnell weg!“ Die drei wollten die Türen öffnen, doch innen hatte der Wagen keine Hebel, mit denen das möglich gewesen wäre. Sie waren eingesperrt.

„Wohin bringen Sie uns?“, fragte Lilo immer wieder. „Wohin? Und warum?“

Doch der Fahrer schwieg. Es handelte sich um einen besonders dunkelhäutigen Araber mit einem gekräuselten Bart, der den Großteil seines Gesichtes verdeckte. Ein Auge war durch eine schwarze Klappe abgedeckt, und außerdem hatte er eine dunkle Schirmkappe tief ins Gesicht gezogen. Der Kleidung nach zu schließen handelte es sich um einen wohlhabenden Mann. Der schwarze Anzug, den er trug, war fleckenlos und frisch gebügelt.

„Lilo, mach doch etwas!“, wimmerte Poppi. Dominik kaute nervös an seinen Fingernägeln. Er grübelte fieberhaft nach einem Ausweg, doch er fand keinen. Lieselotte knetete ihre Nasenspitze, bis sie schmerzte. Normalerweise wurden ihre Denkzellen durch diese Nasen-Massage angeregt, doch diesmal versagte die Behandlung.

Eine Weile war der schwarze Mercedes auf der Autobahn dahingebraust. In der Ferne erkannten die Knickerbocker-Freunde sogar die beleuchteten Pyramiden von Gizeh. Doch dann lenkte der Mann den Wagen auf eine Abfahrt und kurvte wenig später durch dunkle, winkelige Gassen. Die Straßenbeleuchtung wurde immer spärlicher. Nur da und dort standen Lampen am Fahrbahnrand. Das Auto holperte durch tiefe Schlaglöcher und die Knickerbocker wurden heftig durchgerüttelt.

Immer wieder drückte der Fahrer auf die Hupe, um Bettler von der Straße zu verscheuchen. Als der Wagen einmal kurz hielt, tauchte das zerfurchte Gesicht einer Frau neben Poppi vor dem Wagenfenster auf. „Lepra!", sagte der Chauffeur grinsend. Poppi schrie auf und presste die Hand auf den Mund. Auch Dominik hatte eine entsetzliche Entdeckung gemacht. Sie kurvten hier zweifellos über einen Friedhof. Einen Friedhof, auf dem reges Leben herrschte. In den Gruften und Grabkammern – die bestimmt nicht aus der Zeit der Pharaonen stammten – hausten Menschen. Es schien sich um die Ärmsten der Armen zu handeln, die nirgendwo sonst eine Bleibe hatten.

Die Fahrt endete vor einem kleinen grauen Haus. „Ein Mausoleum!", dachte Lieselotte. „Das ist das

Grabmal eines wohlhabenden Mannes. Allerdings ist es schon lange nicht mehr gepflegt worden."

Der Fahrer ging um die schwarze Limousine und riss die Türen auf. Er scheuchte die drei Junior-Detektive heraus und fuchtelte mit dem Messer vor ihren Gesichtern herum. „Tun Sie das weg, sonst schneiden Sie sich am Ende noch!", zischte Lieselotte. Ihr Mut verflog allerdings augenblicklich, als sie mit ihren Freunden das Mausoleum betrat. Der Deckel der Gruft stand offen und eine Leiter ragte heraus. Der Fahrer des Mercedes gab ihnen ein Zeichen hinabzusteigen. Widerstrebend und mit pochenden Herzen folgten die drei dem Befehl.

Der Raum darunter war so groß wie ein mittleres Wohnzimmer und wurde von flackernden Öllampen erhellt.

Eine Holztüre, die aus groben Latten zusammengenagelt worden war, öffnete sich quietschend und knarrend. Ein dicker Mann mit nur noch wenigen, grauen Haaren auf dem Kopf trat dahinter hervor. Er grinste verschmitzt und bedeutete mit dem Zeigefinger, dass die Knickerbocker näher kommen sollten. Nur zögernd folgten Lilo, Poppi und Dominik seiner Aufforderung. Sie blieben dicht beisammen und Poppi schob ihre Hand in die von Lieselotte.

Der dicke Mann verströmte einen eigentümlich süßlichen, stinkenden Geruch. Der Anzug, in dem er steckte, hatte schon bessere Zeiten gesehen. Noch immer grinsend streckte der „Gruftherr“ seine schmierige Hand nach Lilos Gesicht aus. Er packte sie von unten an den Wangen und drehte ihren Kopf hin und her. Das Mädchen schüttelte seine ekelige Hand ab und schrie: „Was wollen Sie? Was soll das? Wieso sind wir hierher gebracht worden?“

Wieder öffnete sich die Tür und eine Frau betrat den unterirdischen Raum. „Weil ich euch an Mursi verkauft habe“, sagte sie und wurde dabei von einem spöttischen Lachen geschüttelt. „Frau Doktor Schell … Sie?“, japste Poppi. „Helfen Sie uns! Bitte!“

Die Wissenschaftlerin blickte die Knickerbocker verächtlich von oben bis unten an. „Euch helfen? Euch, die ihr wisst, dass ich den Schmuck gestohlen habe? Niemals! Ihr habt doch mich verdächtigt, oder?“

„Ja!“, sagte Lilo hart. „Ja, das haben wir. Dominik hat nämlich erkannt, dass Sie trotz Ihres Alters eine mädchenhafte Figur haben. Auf einen schnellen Blick könnte man Sie für jung halten, obwohl Sie bestimmt schon an die sechzig sind.“

„Neunundvierzig! Ich bin erst neunundvierzig!“, brüllte die Archäologin sie an. Dominik und Poppi schwitzten am ganzen Körper. Lilo schaffte es nur mit Mühe und Not, ihre Kaltschnäuzigkeit zu bewahren. „Sie wollten mir den Diebstahl in die Schuhe schieben, falls Sie jemand beobachtet. Deshalb haben Sie Ihr blondes Haar so frisiert wie ich. Sie waren es auch, die den Schmuck im Jeep versteckt hat, nicht wahr?“

Die Frau mit der unnatürlich glatten Gesichtshaut spazierte langsam um die drei Freunde herum. „Richtig, Fräulein Siebenschlau. Aber ich habe euren Freund damals auch geseh…" Sie stockte und blickte sich suchend um. „Wo ist er? Wo ist der Junge?", brüllte sie.

„Axel ist nicht eingestiegen. Er hat Ihren Trick durchschaut und wird nun dafür sorgen, dass alle erfahren, wie habgierig Sie sind. Sie haben davon geredet, dass die Ruhe der Pharaonen nicht gestört werden soll. Dabei bestehlen *Sie* die Toten."

„Samy!", keuchte Dr. Schell. Der Fahrer des Mercedes kam in die Gruft geklettert. „Samy, holen Sie den Jungen. Sonst war alles umsonst." Der Araber nickte und stieg wieder nach oben.

Bisher hatte der dicke, übelriechende Mann das Geschehen stumm verfolgt. Nun wurde er ungeduldig. Er fragte Dr. Schell etwas auf Arabisch, worauf diese ihm in der gleichen Sprache antwortete und nickte. Der Mann packte Lieselotte am Arm und zog sie zu sich.

„Loslassen!", schrie das Mädchen und schlug dem Mann ins Gesicht. Dieser verdrehte ihr daraufhin den Arm, sodass sie vor Schmerz zu Boden sank.

Das mumienhafte Gesicht von Dr. Schell verzog sich zu einem widerlichen Grinsen. „Sind euch die vielen Krüppel in den Straßen von Kairo aufgefal-

len? Sie betteln am erfolgreichsten von allen. Wer kann sein Herz schon einem Blinden, einem Mann ohne Beine oder einem Mädchen ohne Arme verschließen? Fast alle Krüppel gehören zu Mursis Unternehmen. Er hat sie zu dem gemacht, was sie jetzt sind: Zu Krüppeln! Mursi ist darin Meister."
Poppi schnappte nach Luft und wollte etwas sagen, aber ihre Zunge war wie gelähmt. Sie brachte kein Wort heraus.

Dr. Linda Schell lächelte teuflisch. „Gutes Kind, du erinnerst mich an das Wichtigste. Mursi ist von mir nicht nur beauftragt worden, euch einen Arm oder ein Bein abzuschneiden, ich habe ihn auch gebeten, eure Zungen zu entfernen. Dann könnt ihr niemandem mehr erzählen, was ihr wisst. Am besten sollte er auch eure rotzigen Schnüffelnasen abhacken, die ihr in Sachen steckt, die euch nichts angehen."

Poppi, Dominik und Lieselotte wurden von Panik gepackt. Die beiden Jüngeren rannten blindlings los.

Mursi, der Lilo noch immer festhielt, konnte sich nicht um die zwei Knickerbocker kümmern. Deshalb übernahm Dr. Schell diese Aufgabe. Sie stürzte sich auf Poppi und Dominik und riss sie zu Boden. In den dürren Armen der hageren kleinen Frau steckten ungeahnte Kräfte, mit deren Hilfe sie die beiden Knickerbocker eisern nach unten presste.

„Ihr entkommt uns nicht! Schon bald dürft ihr euer mieses Leben als bettelnde Krüppel fristen. Doch nicht vergessen: Die Hälfte des Geldes, das ihr verdient, gehört Mursi!“, keuchte Dr. Schell. Sie legte den Kopf nach hinten und lachte schallend.

IN LETZTER SEKUNDE …

Lieselotte, Poppi und Dominik hockten dicht zusammengedrängt in einer winzigen und scheußlich modrigen Kammer und zitterten. Sie zitterten vor Kälte und Furcht. Mursi hatte die drei in den kleinen Raum gesperrt, da er mit seiner ‚Arbeit' erst beginnen wollte, wenn Axel eingefangen war. Draußen, vor der Holztür, traf er in der Zwischenzeit Vorbereitungen. Die Gefangenen wussten stets genau, was er auspackte und zurechtlegte. Dr. Schell nannte nämlich betont laut den Namen jedes Gerätes. Sie lachte immer lauter und hysterischer. „Eine Säge! Eine Knochensäge! Sehr gut!", kreischte sie und ihre Stimme hörte sich für die drei Freunde wie das Heulen einer Kreissäge an. Lilo musste immer wieder an etwas denken, das ihr noch mehr Angst einjagte: „Dr. Schell hätte sich uns nie gezeigt, wenn sie nicht sicher wäre, dass wir niemals wieder sprechen können. Und wenn uns dieser wahnsinnige Mursi auch noch die Hände abhackt, können wir nicht einmal etwas aufschreiben." Lilos Furcht wuchs von Sekunde zu Sekunde. Es gab keinen Ausweg.

Im großen Raum klirrte Glas und Korken knallten. „Prost!", schrie die Wissenschaftlerin. „Prost, Lady!", antwortete Mursi. Die beiden hatten zu trinken begonnen und wollten so bald auch nicht mehr aufhören. Kaum hatten sie eine Flasche geleert, schleuderten sie sie an die Wand, wo sie zersplitterte.

Dominik war am ganzen Körper total nass vor Schweiß. Mit zitternden Fingern drückte er auf einen Knopf an seiner Uhr, worauf das Zifferblatt beleuchtet wurde. Es war bereits vier Uhr morgens. Wie lange würde ihre Galgenfrist noch dauern?

„Ich … ich bin ein hirnverbrannter Vollidiot!", flüsterte Lilo mit vor Angst trockenem Mund. „Ich bin schuld an allem. Ich habe jede Vorsichtsmaßnahme vergessen und bin auf das gefälschte Telegramm hereingefallen. Vielleicht … lässt euch dieser Mursi frei … wenn ich bleibe!" Lilo hatte Mühe, die Worte über die Lippen zu bekommen.

Dominik atmete tief ein und richtete sich auf. Trotz der lähmenden Furcht, die sich wie eine Zwangsjacke über ihn gelegt hatte, sagte er: „Kompletter Blödsinn, Lilo. Du bist nicht schuld."

„Nei… nein", stimmte ihm Poppi zu.

„Wir … wir … hätten auch denken können. Wir bleiben zusammen. Ein echter Knickerbocker lässt niemals locker. Wir vier … oder jetzt … wir drei … wir … lassen nie einen anderen im Stich."

Lieselotte traten die Tränen in die Augen. Sie fasste die Hände ihrer beiden Freunde und drückte sie fest. „Vielleicht … vielleicht kann uns Axel befreien", stammelte sie, obwohl ihr das ziemlich unwahrscheinlich erschien. Wie sollte der Junior-Detektiv sie an diesem gespenstischen Ort überhaupt finden? Dennoch klammerte sie sich verzweifelt an diese Möglichkeit.

Draußen grölten die Archäologin und der Krüppelmacher und prosteten sich ununterbrochen zu.

„Goldjunge, da bist du ja!", lallte Dr. Schell plötzlich.

„Fassen Sie mich nicht an! Pfoten weg!", hörten die Knickerbocker in ihrer Zelle Axel rufen. Nun war ihre ganze Hoffnung dahin. Dieser Samy hatte also auch noch den vierten erwischt. Aus! Es war alles aus! Für Poppi war der Schreck zu groß. Sie wurde ohnmächtig und sank zur Seite. Dominik biss so fest an seinen Nägeln, dass die Finger bluteten und Lieselotte fühlte sich so hoffnungslos wie nie zuvor. Sie befanden sich in einem Tunnel, dessen beide Öffnungen zugemauert worden waren.

In der Grabkammer stand Axel gegen die Wand gedrängt und versuchte, Dr. Schell und die fetten, schweißnassen Hände von Mursi abzuwehren.

Die Leiter knarrte und die schwarzen Anzugbeine von Samy erschienen. „Gut gemacht, Sie sind ein guter Mitarbeiter!", lobte Dr. Schell ihn. „Ich werde Ihnen ein Sonderhonorar zukommen lassen. Aber zuerst muss das vierte Kindchen ins Nest." Wieder ließ sie ihr wieherndes Lachen erschallen und Mursi stimmte ein. Er kramte mit seinen schmierigen Fingern einen verbogenen Schlüssel aus der Tasche und sperrte das verrostete Schloss der Holztür auf. Doch als er Axel zu den anderen in die Dunkelheit stoßen wollte, sprang Samy plötzlich von der Leiter. Seine schwarze Kappe rutschte ihm vom Kopf und blondes, kurzes Haar kam darunter zum Vorschein. Der falsche Samy wirbelte herum und richtete eine Pistole auf Dr. Schell und Mursi.

„Kommt heraus, schnell!", rief Axel in die finstere Zelle.

„W... was?" Lieselotte und Dominik waren völlig

fassungslos. Ihr Erstaunen war so groß, dass sie sich nicht von der Stelle bewegten.

Mursi begann zu schreien. Er schien jemanden zu rufen. „Ruhe! Halt das Maul!“, herrschte ihn der falsche Samy an.

Lilo erkannte die Stimme sofort. „Das ist … Frau Dominsky!“ Axel schnappte seine Freunde an den Pullovern und zerrte sie aus dem Gefängnis. Poppi versetzte er eine schallende Ohrfeige, damit sie wieder zu Bewusstsein kam. Völlig verdutzt blickte sich das Mädchen um. „Klettert hinauf und steigt in den roten Jeep!“, kommandierte Axel.

Obwohl Stella Dominsky ihm mit der Waffe drohte, hörte Mursi nicht auf zu brüllen. „Er ruft seine Leute zu Hilfe!“, übersetzte Stella die arabischen Worte. „Sie müssen sich rund um das Mausoleum befinden und werden bestimmt gleich hier sein. Wir müssen schnellstens weg!“

Die vier Junior-Detektive sprangen fast gleichzeitig auf die Leiter. Drei Sprossen brachen durch. „Rauf! Hinauf, wenn die Bande dieses Ganoven anrückt, nützt keine Pistole der Welt etwas!“ Stella schob und stemmte die Junior-Detektive in die Höhe und hielt gleichzeitig Mursi und die völlig verdutzte Linda Schell in Schach.

Endlich hatten es die vier geschafft und rollten

über den steinernen Rand der Gruft. Sie stolperten aus dem Mausoleum, vor dem ein roter Jeep parkte. Axel öffnete die Ladeklappe und bedeutete seinen Freunden einzusteigen. Stella kam als Letzte nach und schob sich hinter das Lenkrad.

„Vorsicht, da sind Männer!“, schrie Dominik. Hinter dem Mausoleum waren mindestens zehn dunkle Gestalten aufgetaucht, die alle drohend lange Messer schwangen. Stella ließ den Motor aufheulen und raste los. Staubwolken stiegen rund um die Reifen auf und vernebelten den Verfolgern die Sicht.

„Der Mann ... der Mann, der uns hierher gebracht hat ...“, piepste Poppi. Axel grinste triumphierend. „Stella hat mich am Flughafen gefunden und euch sofort verfolgt. Wir waren die ganze Zeit hinter dem schwarzen Mercedes. Aber wir mussten eine gute Gelegenheit abwarten, um euch zu befreien. Als dieser Samy wieder heraufgekommen ist, hat er einen kleinen Schlag auf seine Denkrübe gekriegt, und als er aufgewacht ist, war er gefesselt und halb nackt. Stella hat dann nur gewartet, bis Mursi und Dr. Schell betrunken waren, damit sie keine Chance hatten.“

„Meine Pistole ist nämlich nur aus Seife geschnitzt!“, gestand die Archäologin. „Außerdem hatte ich Angst vor Mursis Männern. Wenn die uns erwischt hätten, wäre alles aus gewesen. Die hätten sich nicht damit aufgehalten, euch zu entstellen, sondern euch …“

„Aber der Mann … Samy … er …“, begann Poppi wieder.

„Reg dich ab, Kleine“, sagte Axel großspurig. „Jetzt ist alles wieder im grünen Bereich. Stella und ich haben ganze Arbeit geleistet!“

Poppi schlug die Hand vor den Mund, schüttelte stumm den Kopf und deutete durch die hintere Scheibe hinaus.

Axel warf einen Blick in diese Richtung und keuchte: „Verdammt, hinter uns ist ein Auto!“

Lilo, die meistens nicht so schnell aus der Ruhe zu bringen war, schrie laut auf. Im fahlen Licht der Morgendämmerung hatte sie ihn erkannt.

„Das ist … das ist … dieser Samy! Im schwarzen Mercedes! Und … er … er hat eine Pistole … eine echte Pistole!“

In dieser Sekunde knallte auch schon der erste Schuss.

HURRA, EIN REGENTAG!

Stella verriss das Lenkrad und schlitterte über die sandige Straße in eine winzige Seitengasse. Unter lautem Geschnatter flüchteten einige Gänse und eine Schar von aufgescheuchten Hühnern flatterte in die Höhe. Der Platz zwischen den grauen, mit Nilschlamm verputzten Häusern war eng. Stella hatte große Mühe voranzukommen. Sie stemmte die Hand auf die Hupe und versuchte auf diese Art, Mensch und Tier zur Seite zu scheuchen. Obwohl es erst kurz nach sechs Uhr morgens war, herrschte auf der Straße bereits reges Treiben. Entsetzt beobachteten die Freunde, dass der schwarze Mercedes nun ebenfalls um die Ecke bog.

„Flach hinlegen! Presst euch auf den Boden!", befahl Stella.

Wieder peitschte ein Schuss durch die Luft. Die Forscherin erschrak so sehr, dass sie für einen Moment die Kontrolle über das Steuer verlor und in ein mächtiges, bauchiges Tongefäß fuhr, das auf einem Dreibein vor einer der Hütten stand. Es zerbrach und ein mächtiger Wasserschwall ergoss sich daraus auf die Straße. Stella hatte sich sofort wieder gefasst und trat auf das Gaspedal. Die Räder drehten durch und schleuderten Matsch nach hinten. Ein Blick in den Rückspiegel ließ Stella für ein paar Sekunden aufatmen. „Volltreffer!", meldete sie. Das Wasser, das sich mit dem Straßenstaub vermischt hatte, war auf der Windschutzscheibe des Mercedes gelandet.

Stella kurvte geschickt zwischen Eseln und Händlern weiter und der Abstand zwischen dem Verfolger und dem Jeep wurde größer.

Plötzlich knallte es und ein dunkler Körper landete auf der Kühlerhaube des Jeeps. Die Knickerbocker schrien auf und hoben die Arme schützend über die Köpfe. Vor Schreck sprang Stella auf die Bremse und würgte den Motor ab. Die schwarze Gestalt rutschte über das Blech und landete auf dem Boden.

„Eine Ziege", keuchte die Archäologin. „Das war eine Ziege!"

Axel spähte nach draußen und sah, wie das Tier laut meckernd flüchtete. Es humpelte leicht, schien aber sonst unverletzt. „Wieso kann die von oben herunterfallen?“, fragte er. Stella antwortete nicht, weil sie mit dem Fahren viel zu beschäftigt war. Doch der Junge entdeckte die Lösung des Problems selbst. Auf den strohgedeckten Häusern standen zahlreiche Ziegen und weideten. Sie fraßen den Hausbesitzern das Dach über dem Kopf weg.

Bald hatte der rote Jeep die einfachen, niedrigen Hütten hinter sich gelassen. Die Straßen wurden breiter und die Häuser höher. Stella war mit der Knickerbocker-Bande wieder in Kairo angelangt. Alte Gebäude, bereits verfallene Neubauten, Moscheen, Minarette, Hotels und Bürohäuser aus Glas und Beton – hier stand alles nebeneinander. Der Verkehr war dicht und die Fahrweise der Ägypter atemberaubend.

Erleichtert atmete die Wissenschaftlerin auf. „Wir sind unseren Verfolger los!“, seufzte sie. „Ich bringe euch nun in ein Hotel, damit ihr euch ein wenig ausruhen könnt, und verständige Frau Klingmeier und den Professor.“

„Und die Polizei!“, fügte Lilo hinzu.

„Und die Polizei!“, bestätigte Stella. Weil eine Ampel rot zeigte, hatte sie gehalten. Als sie nun wieder losfahren wollte, blickte sie mehr zufällig nach links. Ein siedendheißer Blitz durchzuckte sie. Der schwarze Mercedes war wieder da. Samy, der halbnackt im Wagen saß, richtete die Pistole auf sie. Stella trat abermals auf das Gaspedal, sodass der Jeep wie ein Springbock nach vorne hüpfte. Keine Sekunde zu früh, denn hinter ihnen knallte schon der Schuss. Wie eine Rennfahrerin lenkte die Forscherin das Auto durch das Verkehrsgewühl. Links und rechts quietschten Bremsen, es wurde gehupt und gebrüllt. Keiner der Knickerbocker wagte es mehr, den Kopf zu heben.

Plötzlich und völlig unerwartet setzte ein heftiges Trommeln ein. Es war, als würde jemand einen Sack trockener Erbsen auf den Jeep leeren.

„Regen! Es regnet!“, jubelte Stella.

Die Junior-Detektive konnten ihre Freude nicht verstehen. Lieselotte spähte vorsichtig zum hinteren Fenster hinaus und staunte. Ein schwerer Wolkenbruch ging über der Stadt nieder. In dicken, schweren Tropfen fiel das Wasser vom Himmel und überschwemmte die Straße. Es floss nur sehr schlecht ab und blieb zwei Finger hoch stehen. Viele alte, klapprige Fahrzeuge hielten augenblicklich mitten auf der Fahrbahn an. Der schwarze Mercedes war eingekeilt und konnte nicht weiter. Samy, nur mit Unterhose und T-Shirt bekleidet, sprang aus dem Wagen und beschimpfte die Fahrer rund um sich. Doch es nützte ihm nichts.

Stella hatte mehr Glück. Auch vor ihr standen zahlreiche Wagen, doch sie schaffte es trotzdem, zwischen den abgestellten Fahrzeugen voranzukommen und den Verfolger endgültig abzuschütteln.

„Die meisten Taxis haben abgefahrene, glatte Reifen und weil die Fahrbahn im Regen zur Rutschbahn wird, bleiben sie sofort stehen. Allerdings ist Regen in Kairo etwas sehr Seltenes. Diesmal war er auf jeden Fall die Rettung in letzter Not!"

Eine halbe Stunde später hatte Stella ein altes Hotel erreicht und bog in den Hof ein.

Der Mann an der Rezeption rümpfte die Nase, als er die vier verdreckten Freunde betrachtete, hatte aber zum Glück ein großes Zimmer für sie. Stella nahm das Nebenzimmer und begleitete die Freunde nach oben.

Nach einer gründlichen Säuberung im Badezimmer fielen Axel, Lilo, Poppi und Dominik in die Betten und schliefen augenblicklich ein. Es war ein tiefer Schlaf der Erschöpfung, der über zwölf Stunden dauern sollte.

Als die vier erwachten, dämmerte es bereits. Axel kroch als Erster unter der Decke hervor und trat ans Fenster. Der Abenddunst lag über der Stadt. Aus diesem Nebelmeer ragten die Minarette (= schlanke Türme der Moscheen) wie die Maste großer Segelschiffe hervor. In der Ferne erkannte der Junge sogar die Pyramiden, die die untergehende Sonne rotgold färbte.

„Ägypten ist total cool!", dachte Axel. „Hoffentlich dürfen wir jetzt doch bleiben und noch ein paar Tage die Sehenswürdigkeiten besichtigen."

Sehenswürdigkeiten? War das Rätsel um die rote Mumie bereits gelöst?

VIELE ERKLÄRUNGEN

Es war neun Uhr. Die Knickerbocker, Stella Dominsky, Professor Karloff, Frau Klingmeier und Hamed saßen im Restaurant des Hotels an einem langen Tisch und aßen.

Axels Mutter warf immer wieder besorgte Blicke auf die vier Freunde und seufzte.

„Mamutschku, reg dich bitte nicht mehr auf! Es ist alles überstanden, und mein Knie tut nicht mehr weh!", beruhigte sie ihr Sohn. Er hatte übrigens keine der würzigen, orientalischen Speisen bestellt, sondern aß Pommes und Schnitzel. Er hatte, wie die anderen auch, einen Bärenhunger.

Professor Karloff schien wie ausgewechselt. Das zerfurchte, strenge Gesicht des Wissenschaftlers hatte plötzlich weiche, freundliche Züge. „Kinder, ich kann euch nicht sagen, wie dankbar ich für eure Entdeckung bin“, sagte er nach dem Abendessen. „Dr. Schell arbeitet schon viele Jahre mit mir und ich hatte sie bereits mehrmals in Verdacht, antike Kunstschätze zu stehlen. Den Beweis hat sie nun selbst geliefert!“

„Nachdem wir sie entlarvt haben!“, warf Lilo ein.

Der Professor nickte. „Aber wie sind Sie ausgerechnet auf Dr. Schell gekommen?“, wollte er nun von Stella Dominsky erfahren.

Stella wischte sich den Mund ab und berichtete: „Ich arbeite – wie Sie wissen – für das Ägyptische Museum. Wir haben von Hehlern, die gestohlene Schätze verkaufen, erfahren, dass sich in Ihrer Gruppe der Kopf einer ganzen Diebesbande befindet. Deshalb bin ich zu Ihrer Truppe gestoßen, um mehr darüber herauszufinden. Nachdem Lieselotte behauptet hatte, den Dieb zu kennen, habe ich beobachtet, dass Dr. Schell einen Flug nach Kairo gebucht hat. Ich bin ihr gefolgt, weil mir das verdächtig erschien.“

„Zum Glück!“, seufzte Frau Klingmeier.

Hamed schwieg. Er stocherte lustlos in seinem Reisgericht herum. Der junge Ägypter fühlte sich schlecht. Er war schuld, dass die Knickerbocker-Freunde überhaupt in so große Gefahr gekommen waren, denn Hamed hatte sie nicht persönlich zum Flughafen gebracht.

Poppi brannte schon lange eine Frage auf der Zunge: „War Dr. Schell … war sie … auch die rote Mumie?“

Professor Karloff zuckte mit den Schultern. „Ich könnte es mir vorstellen. Sie wollte euch ängstigen und verscheuchen, da Frau Klingmeier mehrere Male von euren unglaublichen Abenteuern berichtet hatte. Sie hat auch immer wieder geschildert, welche Geheimnisse ihr schon gelüftet habt. Ich habe das alles für blanken Unsinn gehalten und muss diesen Irrtum heute eingestehen.“

Hamed war ganz in Gedanken versunken. „Ich … habe einen anderen Verdacht“, begann er. „Meine Eltern haben mir öfter von einer Familie erzählt, die großartige Grabräuber waren. Von Generation zu Generation wurden die geheimen Eingänge in Pyramiden und unterirdische Gräber weitergegeben. Einmal soll bei einer Ausgrabung eine kostbare Goldstatue verschwunden sein. Einer der Wissenschaftler hatte sofort die Idee, dass die Grabräuber-Familie dahinter stecken könnte. Man suchte sie auf und als die Männer leugneten, schnappten die Forscher einen von ihnen. Sie hängten ihn mit dem Kopf nach unten über einem Topf voll siedenden

Wassers auf. Als der Mann nur noch Zentimeter vom brodelnden Wasser entfernt war, rückten die anderen den Schatz heraus."

Professor Karloff zuckte mit den Schultern. „Und? Was wollen Sie damit sagen, Herr Kollege?"

Hamed blickte nachdenklich ins Leere und murmelte: „Es sind mit Sicherheit wieder Grabräuber am Werk. Vielleicht sogar in der Maske der roten Mumie, um uns allen Angst zu machen. Vielleicht aber erfüllt sich auch der Fluch, der vorhergesagt wurde. Vielleicht wird die rote Mumie einem von uns das Leben zur Hölle machen."

Betretenes Schweigen trat ein. Mit einem Schlag war der gemütliche Teil des Abends beendet. Den vier Freunden fiel fast gleichzeitig etwas Erschreckendes ein: Dr. Schell lief weiter frei herum. Auch Samy war nicht gefasst. Als sie diese Ängste äußerten, beruhigte Professor Karloff sie: „Keine Bange, Kinder, keine Bange! Wir sind alle bei euch. Frau Dominsky wohnt links von eurem Zimmer. Ich habe das Zimmer rechts von euch. Frau Klingmeier und Hamed haben die Zimmer, die eurem gegenüber liegen. Ihr seht, ihr seid rundum bewacht. Ihr könnt in Ruhe schlafen und alles vergessen. Euch wird nichts geschehen."

Bevor sich die vier Junior-Detektive hinlegten, setzten sie sich noch auf einem der breiten Betten zusammen und sprachen über die Ereignisse der vergangenen Tage.

„Diese rote Mumie ist mir nach wie vor nicht geheuer", meinte Dominik. Poppi nickte. „Ich … ich habe immer Angst, dass sie zurückkommt!"

Lieselotte knetete ihre Nasenspitze und teilte den anderen dabei ihre Gedanken mit: „An einen Geist glaube ich nicht. Die rote Mumie ist eine Verkleidung, aber ich habe keinen Schimmer, wer darin stecken könnte."

Axel fröstelte. Es war kühl im Zimmer. Er stand auf und ging zu einem der altmodischen hohen dunklen Holzschränke. „Brauchst gar nicht aufzumachen, der Schrank ist leer!", rief ihm Lilo lachend nach. „Unser Gepäck ist nämlich längst unterwegs nach Hause!"

Axel schlug sich an die Stirn und lachte. Das hatte er völlig vergessen. Aber vielleicht war eine Zusatzdecke im Schrank. Er öffnete ihn und blickte suchend in alle Fächer. Doch ohne Erfolg. Er wollte die schwere Holztür schon wieder schließen, als er etwas entdeckte. „Seht euch das einmal an!", sagte er zu den anderen. Axel deutete auf eine schwarz gestrichene Klinke, die in der Hinterwand des Schrankes, unter der langen Kleiderstange, eingebaut war. Normalerweise wäre sie dem Jungen nicht aufgefallen, aber durch einen seltsamen Zufall fiel das Licht der Deckenlampe in einem Winkel in den Schrank, der die Klinke deutlich erkennbar machte.

Lieselotte zögerte nicht lange. Sie war von Natur aus äußerst neugierig. Sie drückte die Klinke herunter und presste leicht dagegen. Nun erkannten die Knickerbocker, dass der Schrank keine Rückwand besaß, sondern genau vor einer Verbindungstür in das Nebenzimmer stand. Die Tür schwenkte auf und gab den Blick nach nebenan frei.

„Professor Karloff in getupften Unterhosen!“, kicherte Poppi.

Der Forscher stand zum Glück mit dem Rücken zu der versteckten Tür und bemerkte nichts von den Vorgängen hinter sich. Hastig schloss Lilo die Tür wieder. Kichernd ließen sich die Knickerbocker auf ihre Betten fallen. Der Wissenschaftler hatte zu komisch ausgesehen. Er trug nicht nur blau getupfte Boxershorts, sondern auch altmodische Sockenhalter.

Noch immer lächelnd schliefen die vier bald darauf ein.

In der Zwischenzeit wurde für die Freunde allerdings schon die nächste Falle vorbereitet.

PROFESSOR KARLOFFS GEHEIMNIS

Verschlafen richtete sich Axel im Bett auf und fuhr sich durch das zerzauste Haar. Er hatte schlecht geträumt, konnte sich aber nicht mehr erinnern, was es gewesen war. Auf jeden Fall hatte sein Traum mit Lärm geendet. Das wusste er noch.

Ein leises Poltern ließ ihn blitzschnell völlig wach werden. Der Junge fuhr in die Höhe und starrte in die Dunkelheit des Zimmers.

Lieselotte war ebenfalls aufgewacht. „Was … was war das?“, wisperte sie ihrem Freund zu.

„Keine Ahnung!“, flüsterte Axel zurück.

Es polterte abermals. „Das kommt aus dem Zimmer des Professors“, zischte das Superhirn.

Axel schlüpfte aus dem Bett und huschte zum Schrank. Er legte das Ohr an die Verbindungstür und zuckte zusammen. Der Professor war nicht allein. Axel gab Lilo ein Zeichen, zu ihm zu kommen. „Hör dir das an", wisperte er.

Lieselotte schlich ins Badezimmer und kam mit einem Zahnputzglas zurück. Sie legte es mit der Öffnung an die Tür und drückte ihr Ohr an den Glasboden. Durch diesen alten Spion-Trick konnte sie noch mehr verstehen.

Es gab keinen Zweifel: Professor Karloff war nicht allein. Da war eine zweite Stimme. Wieder polterte es. Jemand hatte fest auf ein Möbelstück geschlagen. Lilo nahm allen Mut zusammen und öffnete die Tür einen winzigen Spalt. Licht fiel ihr entgegen und sie schloss geblendet die Augen.

„Hi… Hilfe … Hilfe!", hörte sie den Professor keuchen. Lieselotte stieß die Tür auf und sprang in das Nebenzimmer. In der gleichen Sekunde schlug die Zimmertür zu. Professor Karloff lag rücklings auf dem Bett und hatte die Hände an den Hals gelegt. Lilo stürzte an ihm vorbei zur Zimmertür, riss sie auf und blickte hinaus auf den Gang. Stille. Draußen herrschte absolute Stille.

Axel hatte sich zum Professor gebeugt und half ihm, sich aufzurichten. „Was ist los? Was ist geschehen?", fragte er aufgeregt. „Sollen wir den Portier anrufen?"

Professor Karloff winkte ab. „Sie hat mich ... fast erwürgt!“, japste er und rieb sich seinen Hals.

„Wer hat Sie gewürgt?“, wollte Lilo wissen.

„Die rote Mumie!“, erwiderte Professor Karloff. „Es hat an meiner Tür geklopft. Ich habe nichtsahnend geöffnet und wurde sofort ins Zimmer zurückgedrängt. Die rote Mumie – genau wie ihr sie beschrieben habt – sie war hier und hat mich fast umgebracht.“

Schlaftrunken steckten nun auch Poppi und Dominik ihre Köpfe in das Zimmer des Wissenschaftlers.

„Kinder, geht wieder schlafen! Es ist alles ... in Ordnung“, keuchte Professor Karloff. Doch so leicht wurde er die Junior-Detektive nicht los.

„Herr Professor, wieso hat die Mumie Sie heimgesucht?“, forschte Lilo weiter. „Ich wette, Sie kennen den Grund. Sagen Sie ihn bitte, damit nicht noch mehr Schreckliches geschieht.“

Der Archäologe nickte. Er taumelte ins Badezimmer, wo die Knickerbocker Wasser laufen hörten. Als er zurückkam, sagte er zu den vier Freunden: „Es ist besser, ich schenke euch reinen Wein ein. Ich bekomme nämlich langsam, aber sicher den Eindruck, dass Hameds Verdacht stimmen könnte. Diese rote Mumie kann etwas mit einer Grabräuber-Bande zu tun haben. Allerdings verstehe ich nicht, woher die Banditen von dem Schlüssel des Al Katok wissen."

„Schlüssel des Al Katok? Was soll das sein?" Dominik blickte den Professor fragend an.

„Was ich euch nun mitteile, ist streng vertraulich. Ich sage es euch, damit ihr es wisst, falls mir etwas zustößt. Bei euch wird nämlich niemand das Geheimnis vermuten und ihr könnt dafür sorgen, dass das Ägyptische Museum davon erfährt. Zurzeit kann ich das Museum aber nicht davon unterrichten, da ich auch dort Verräter vermute."

Die Junior-Detektive machten fragende Gesichter.

„Zum Glück seid ihr gekommen und habt die Mumie vertrieben. Sonst hätte sie ihn vielleicht in ihre Hände bekommen", erklärte der Professor. Er kniete sich auf den Boden und fischte suchend mit dem Arm unter dem Bett. Offenbar hatte er dort etwas versteckt. Stöhnend erhob er sich und streckte der Knickerbocker-Bande einen Metallstab entgegen. Das obere Ende war zu einer Schlinge verbogen, in die ein taubeneigroßer gelber, durchscheinender Edelstein eingesetzt war.

„Diesen Schlüssel besitze ich bereits seit vielen Jahren", erzählte der Professor. „Ich war damals, als ich ihn erstanden habe, sehr jung und Assistent eines anderen Archäologen. Ein Beduinenfürst hat ihn mir geschenkt, weil ich ihn vor einem Krokodil gerettet habe."

Axel unterbrach kurz, weil er eine Frage hatte: „Was ist ein Beduine?", wollte er wissen.

„Beduinen sind ein Wandervolk, das durch die Wüste zieht", erklärte ihm Professor Karloff. „Der Mann, von dem ich berichte, wollte mit dem Boot über den Nil fahren, ist dabei aber mit einem anderen Boot, in dem ich mich befand, zusammengestoßen und ins Wasser geschleudert worden. Ein Krokodil wollte ihn anfallen, doch ich konnte es durch einen Schlag auf den Kopf mit einer Ruderstange vertreiben und ihm so das Leben retten. Zum Dank erhielt ich den Schlüssel und eine Papyrusrolle."

Dominik betrachtete nachdenklich die Metallstange und fragte dann: „Was hat dieses Ding mit einem Schlüssel zu tun?"

Der Professor hob die buschigen schwarzen Augenbrauen. „Das würde ich auch gerne wissen. Aber ich stehe kurz vor der Entdeckung des Geheimnisses. Bisher konnte ich Folgendes herausfinden: Al Katok war ein Pharao, der für sich in der Wüste eine Pyramide errichten ließ. Sie ist vor nicht allzu langer Zeit entdeckt worden."

Lieselotte schüttelte immer wieder den Kopf. Sie verstand nicht, wovon der Professor redete. Das war alles so verwirrend.

„Ich kann euch noch etwas erklären“, fuhr der Wissenschaftler fort, „Die Papyrusrolle enthielt eine Botschaft, die ich entschlüsseln konnte, aber lange Zeit nicht verstand. Die Botschaft lautete: „Dieser Schlüssel bringt dich zu Al Katok, der alles hütet. Er bringt den Sphinx zu Mittag zum Sprechen. Der Sphinx wird dir den Weg sagen.“

Dominik hing an den Lippen des Professors und als dieser eine Pause einlegte, drängte der Junge: „Jaja, weiter und ... was soll das bedeuten?“ Professor Karloff hob die Schultern. „Mehr weiß ich noch nicht. Ich kenne seit kurzer Zeit nur den Standort der Pyramide des Al Katok und mir ist gesagt worden, dass ein Sphinx davorsteht. Ihr wisst, ein Löwe mit Menschenkopf.“

„Was werden Sie unternehmen?“, wollte Poppi erfahren.

„Ich möchte das Rätsel lösen“, erklärte der Professor. „Schaffe ich es, steht vielleicht die Entdeckung von Kunstschätzen bevor, die wir uns nicht einmal im Traum vorstellen können.“

Professor Karloff erhob sich und gähnte. „So, das wollte ich euch mitteilen. Sollte mir etwas zustoßen, so kennt ihr wenigstens einen Teil des Geheimnisses und könnt ihn weitergeben, damit andere sich auf die Suche machen. Aber vorher schweigt. Eure Lippen müssen versiegelt sein. Keiner außer euch kennt das Geheimnis."

Die vier Knickerbocker gingen zurück in ihre Betten. An Schlaf war allerdings nicht mehr zu denken. Der Bericht des Professors hatte die Bande aufgewühlt. In Lilo war die Abenteuerlust erwacht. Sie wollte dabei sein, wenn das Geheimnis von Al Katok gelüftet wurde. Sie wollte es miterleben. Doch die anderen zögerten. „Denk an die rote Mumie! Sie wird den Professor bestimmt weiter verfolgen und sie ist gefährlich", meinte Dominik.

„Ich wünsche mir erholsame und interessante Tage in Ägypten, möchte aber meine Arme und Beine behalten. Du weißt spätestens seit vorgestern, was alles passieren kann, wenn man zu neugierig ist", sagte Axel.

Lilo lachte verächtlich. „Ihr macht euch wieder einmal in die Hosen", knurrte sie und warf sich auf das Kissen. „Ihr seid Jammerlappen! Jämmerliche Jammerlappen! Jawohl!"

DAS ÄNDERT ALLES …

Am nächsten Morgen, beim Frühstück, gab es eine große Überraschung. Als die Knickerbocker-Bande und Frau Klingmeier den Speisesaal betraten, hielten sie vergeblich nach Stella Dominsky und Hamed Ausschau. Professor Karloff schlief noch. Das wussten sie. Aus seinem Zimmer war nur lautes Schnarchen gedrungen, als Dominik an der Verbindungstür gelauscht hatte.

Da sie wieder ziemlichen Hunger hatten, richteten die vier auf dem Frühstücks-Buffet größere Verwüstungen an.

„Kinder, ich habe großartige Neuigkeiten!", rief plötzlich eine tiefe Stimme vom Eingang des Saales her. Professor Karloff kam mit riesigen Schritten zu ihnen gerannt und setzte sich an den Tisch. „Die

Polizei konnte Dr. Schell und ihren Komplizen Samy festnehmen. Samy ist ihr Mann und die beiden besitzen in der Nähe von Kairo eine prachtvolle Villa. Dr. Schell hat das Geld dafür mit dem Verkauf gestohlener altägyptischer Kunstwerke verdient. Übrigens: Sie war die rote Mumie. Sie hat von Anfang an versucht, euch zu vertreiben."

Alle vier Knickerbocker atmeten erleichtert auf. Eine zentnerschwere Sorge fiel von ihnen ab. Nun stand einem unbeschwerten Aufenthalt in Ägypten nichts mehr im Wege. Die große Gefahr war beseitigt.

„Frau Klingmeier, würden Sie heute bitte nach Assuan fliegen", wandte sich der Professor an seine Assistentin. „Ein Kollege von mir arbeitet dort an der Entschlüsselung wichtiger Inschriften und benötigt sofort Unterlagen, die ich für ihn besorgt habe. Ich muss darauf bestehen, dass sie persönlich überbracht werden, da ich der Post die wertvollen Dokumente nicht anvertrauen will."

Axels Mutter nickte. „Das mache ich selbstverständlich, Herr Professor. Aber ich möchte die Kinder nicht allein in Kairo lassen."

Professor Karloff legte beruhigend die Hand auf ihren Arm. „Keine Sorge, daran habe ich gedacht. Die Kinder kommen natürlich nach. Vier Flugtickets wären allerdings ein wenig zu teuer. Deshalb werden sie den Zug nehmen. Ich werde sie persönlich begleiten. Einverstanden?"

Frau Klingmeier nickte dankbar.

Nachdem die Knickerbocker-Bande und der Professor Frau Klingmeier am Flughafen abgeliefert hatten, besorgten sie in Kairo einige Kleidungsstücke, Zahnbürsten und Waschzeug. Der Professor erstand für jeden der vier auch noch einen kleinen Rucksack.

„Aber ihr habt ja nicht einmal die Pyramiden von Gizeh aus der Nähe gesehen", fiel dem Wissenschaftler plötzlich ein. „Nun, soviel Zeit muss sein. Wir mieten einen Wagen und fahren hin."

Gesagt – getan. Staunend standen die vier wenig später vor der weltberühmten Cheops-Pyramide. Sie hatten die Hände schützend über die Augen gelegt, weil die gleißende Sonne sehr blendete, und blickten mit offenen Mündern zur Spitze des mächtigen Bauwerks hinauf.

„Napoleon hat errechnen lassen, dass man aus den Steinen der Cheops-Pyramide eine drei Meter hohe Mauer rund um Frankreich bauen könnte. Über 100 000 Arbeiter haben 20 Jahre lang an dieser Pyramide gebaut. Jeder Felsblock ist so hoch wie

Poppi und wiegt 2000 Kilogramm. Insgesamt besteht das Grabmal aus zwei Millionen solcher Blöcke!"

Die Knickerbocker-Bande war tief beeindruckt. Lachen mussten sie allerdings, als sie vor dem berühmten Sphinx standen. Es handelte sich bei ihm um einen mächtigen, liegenden Löwenkörper mit dem Kopf des Pharaos. Über 4500 Jahre war das gigantische Bauwerk aus Stein alt. Die Knickerbocker lachten, als sie die fehlende Nase entdeckten. „In einem Asterix-Comics gibt es eine Erklärung dafür", berichteten sie Professor Karloff. „Angeblich soll der dicke Obelix hinaufgeklettert und sie dabei abgebrochen haben."

In Wirklichkeit waren es natürlich die Jahrtausende, die nicht spurlos an dem gigantischen Monument vorübergegangen waren. Aber vor allem in den letzten Jahrzehnten war es mehr und mehr verfallen. Deshalb stand nun ein Gerüst rundherum, auf dem zahlreiche Männer an der Renovierung arbeiteten.

Lieselotte konnte sich eine Frage nicht mehr verkneifen: „Herr Professor, wann werden Sie versuchen, den Schlüssel des Al Katok zu benutzen?"

Der Forscher fuhr sich über den buschigen Bart und wischte sich den Schweiß vom kantigen Gesicht. „Ich kann es kaum erwarten, sein Geheimnis zu lüften“, gestand er. „Nun ist ja endlich jede Gefahr gebannt …“ Er blickte die Knickerbocker lange an und meinte dann: „Ungefähr 15 Kilometer von hier liegt eine Oase. Von dort ist es auf dem Kamel noch ungefähr eine halbe Stunde bis zur Pyramide des Al Katok. Sollen wir … ich meine, würdet ihr mich begleiten?“

„Ja!“, antwortete Lilo. Dominik und Poppi waren auch sofort dabei. Die Verfolger saßen im Gefängnis und das beruhigte die beiden. Sie fühlten sich sicher und hatten Lust auf ein Abenteuer.

Der Einzige, der zögerte, war Axel. Ihm war etwas aufgefallen: Professor Karloff schien plötzlich unruhig zu sein. Er blickte sich immer wieder um. Außerdem hatte Axel mehrere Male eine Frau beobachtet, die verdächtig oft in ihre Richtung starrte. Sie hatte ein dunkles Tuch um den Kopf gewickelt, trug eine große Sonnenbrille und steckte in einem wallenden, roten Kleid. „Lilo, schau dir die Frau an“, flüsterte er, als sie abermals in der Umgebung der Bande auftauchte.

„Was ist mit ihr?“, wollte das Superhirn wissen.

„Ich glaube, sie verfolgt uns!“, zischte Axel.

Lilo tippte ihm an die Stirn. „Du spinnst“, antwortete sie. „Das ist ihr rotes Kleid. Es fällt dir besonders auf, weil deine Gehirnzellen auf Rote Mumie schalten, und dadurch hast du den Eindruck, sie sei hinter uns her. Du hast noch nicht verdaut, was wir in den letzten Tagen erlebt haben. Kann ich gut verstehen ...“ Kameradschaftlich und fast ein wenig mütterlich klopfte sie ihm auf die Schulter.

Axel machte wütend einen Schritt zur Seite. Er hasste es, wenn er wie ein kleiner Idiot behandelt wurde.

„Möglicherweise hat Lilo aber auch Recht. Ich kann mich wirklich täuschen“, überlegte er. Als er sich umdrehte, war die Frau im roten Kleid verschwunden.

DER SCHLÜSSEL DES AL KATOK

Die Fahrt in die Wüste wurde zu einem unvergesslichen Erlebnis. Wie eine schwarze Schlange zog sich die Asphaltpiste durch die teils rötliche, teils gelbe und teils weiße, völlig ebene Sandlandschaft. Steine, die die Größe von Köpfen hatten, waren die höchsten Erhebungen, die es hier zu finden gab. Unterwegs hielt der Professor einmal an und holte aus dem hinteren Teil des Wagens Getränke aus einer Kühlbox. Während sich die Knickerbocker die Füße vertraten, las der Wissenschaftler seltsam geformte Steine auf. Sie sahen aus, als hätte sie jemand aus verschiedenen dünnen Steinplättchen zusammengesetzt. „So etwas nennt man eine Windrose. Die Sandstürme, die hier oft toben, schleifen die Steine zu diesen eigentümlichen Formen“, erklärte der Professor. Danach bückte er sich und hob einen runden Stein auf. Ein dunkles Tier, das Ähnlichkeit mit einem Krebs besaß, krabbelte aufgeschreckt davon.

„Das … das ist ein Skorpion!“, rief Poppi. Sie hatte ihn an seinem schmalen Hinterleib mit dem spitzen Giftstachel erkannt. Der Stich des Skorpions konnte für den Menschen tödlich sein.

Die Bande kletterte ohne zu protestieren in das glühend heiße Auto zurück. In seinem Inneren schwitzten sie zwar wie in der Sauna, dafür waren sie vor Skorpionen und ähnlichen Tieren sicher.

Wie eine kleine grüne Insel sah die Oase von der Ferne aus. Sie bestand aus einem Dattelpalmen-Hain, einer runden Wasserstelle, an der Kamele standen, und einer einfachen Hütte, aus der ein dunkelhäutiger Junge trat. Professor Karloff redete ihn an und deutete auf die Kamele. Der Junge schüttelte den Kopf und erwiderte etwas auf Arabisch, das die Knickerbocker-Freunde natürlich nicht verstanden.

„Was ist los?“, erkundigte sich Lieselotte. Professor Karloff machte eine abfällige Handbewegung und meinte nur: „Ach, der Kleine verlangt ein Vermögen für seine Tiere. Ich bin nicht bereit, so viel zu zahlen.“

Wieder redete er auf den Jungen ein, wobei seine Stimme immer lauter und lauter wurde. Er zog einige Geldscheine aus der Tasche und warf sie dem kleinen Ägypter zu. Dieser steckte sie gierig ein, hörte aber nicht auf laut zu schimpfen. Der Professor stieß ihn zur Seite und suchte fünf Tiere für den Ritt aus.

Offenbar wusste er, wie man mit Kamelen umgehen musste. Er nahm nämlich einen Holzstab und klopfte den Wüstenschiffen damit gegen die Vorderbeine. Die Kamele ließen sie einknicken und gingen zu Boden. „Schnell, aufsteigen!“, kommandierte Professor Karloff. Er schien in Eile. Doch wer trieb ihn an?

Die vier Freunde kletterten auf die schmutzigen und staubigen Sättel, die die Tiere umgebunden hatten. Sie bestanden aus Teppichen und Tüchern und strömten einen strengen Geruch aus.

„Die Biester stinken wie eine Herde Ziegen!“, stöhnte Dominik und hielt sich die Nase zu.

„Lass das bleiben, Junge“, riet ihm der Professor. „Du wirst beide Hände zum Festhalten brauchen!“

Dominik schlug seinen Rat in den Wind. Doch schon als sich das Kamel schwankend erhob, klammerte sich der Junge ängstlich am Rand des Sattels fest.

Der Wissenschaftler ritt voran und die anderen Kamele folgten ihm gehorsam. Der kleine Ägypter beruhigte sich noch immer nicht und schrie der Mini-Karawane etwas nach. Professor Karloff drehte sich nicht einmal mehr um.

„Was … was hat der nur?“, überlegte Lilo. „Professor Karloff, was ist mit dem Jungen?“, rief sie. Doch der Professor hörte sie nicht. Er war schon zu weit von ihr entfernt.

Spätestens jetzt wurde den vier Junior-Detektiven klar, woher der Name Wüstenschiff kam. Der schwankende Gang der Kamele war der Grund da-

für. Dominik wurde bereits nach einer kurzen Strecke übel, doch er wusste, dass es nun kein Zurück gab, und versuchte sich deshalb tapfer einzureden, dass ihm ganz und gar nicht übel war.

Immer kleiner und kleiner wurde der grüne Oasenfleck hinter der Karawane. Rund um sie erstreckte sich nun Sand, Sand, Sand und nochmals Sand. Die Wüste schien kein Ende zu nehmen. Lieselotte machte sich Gedanken, wie sich Professor Karloff in dieser Landschaft orientieren konnte. Hier gab es nirgendwo Anhaltspunkte. Sie klopfte deshalb ihrem Kamel auf den Hals und rief: „Hü … los … lauf!“ Das Tier marschierte daraufhin ein wenig schneller und nach einer Weile ritt sie neben dem Professor. Nun sah sie, wie der Archäologe die Richtung bestimmte. Er hatte eine kleine, gezeichnete Karte bei sich und hielt einen Kompass in der Hand.

„Wenn meine Informationen stimmen, so müssten in wenigen Minuten die Überreste der Pyramide von Al Katok vor uns auftauchen“, teilte er Lieselotte mit. Das Superhirn nickte und spähte nach allen Seiten.

Die brütende Hitze und die stechende Sonne machten den vier Freunden sehr zu schaffen. Professor Karloff schien gewohnt daran und schwitzte nicht einmal besonders. Die Knickerbocker bekamen das Gefühl, dass die Sonne ihre Köpfe leer brannte. Sie wurden regelrecht ausgedörrt und hatten dabei nicht einmal Wasser mitgenommen, mit dem sie ihren Durst hätten stillen können.

Dominik spürte, wie die Kraft aus seinem Körper wich. Er hatte Mühe, sich auf dem Kamel zu halten, und wünschte, er wäre wieder im Hotel. Bilder tauchten vor seinen Augen auf und Wortfetzen klangen in seinen Ohren. Die Geschichte, die der Professor ihnen gestern erzählt hatte, flimmerte wie ein Film noch einmal vor ihm ab. An einer Stelle hielt das Bild aber an und ein ganz bestimmtes Wort echote durch seinen Kopf. Dominik hatte die Gabe, alle Dinge, die er einmal las, schnell zu behalten. Vor jeder Reise verschlang er einen Berg von Reiseführern über das Land, das er besuchte. Er wusste einiges über Ägypten und deshalb war ihm etwas aufgefallen. Da war etwas Seltsames im Bericht des Professors. Dominik beschloss, den Wissenschaftler so schnell wie möglich darauf anzusprechen, aber vorerst hatte er keine Gelegenheit. Sie waren nämlich am Ziel.

Vor ihnen erhoben sich die Reste einer Pyramide aus dem Sand. Früher einmal hatte sie aus zahlreichen Stufen bestanden, doch heute war nur noch der unterste Teil erhalten. Der Rest war im Laufe der Jahre von Sandstürmen wie mit Schmirgelpapier abgeschliffen und verweht worden. In ungefähr fünfzig Meter Entfernung davon erkannten die Knickerbocker den Menschenkopf eines Sphinx. Er war zweifellos vom Löwenkörper abgebrochen und lag nun, mit der Schnauze nach oben, im Sand. Man hatte den Eindruck, er blickte in den Himmel hinauf.

Professor Karloff kletterte von seinem Kamel und half danach seinen jungen Begleitern beim Absteigen. Zur großen Freude der Knickerbocker zog er eine Feldflasche hervor und reichte sie ihnen. Gierig tranken sie ein paar Schlucke des lauwarmen Wassers, das sie ein kleines bisschen erfrischte.

Der Archäologe war sehr aufgeregt. Er stapfte durch den Wüstensand zu dem Kopf des Sphinx und untersuchte ihn von allen Seiten. Neugierig waren ihm die Junior-Detektive gefolgt.

„Wie lautete die Botschaft auf dem Papyrus noch einmal?“, erkundigte sich Lieselotte.

„Dieser Schlüssel bringt dich zu Al Katok, der alles hütet. Er bringt den Sphinx zu Mittag zum Sprechen. Der Sphinx wird dir den Weg sagen“, sagte der Wissenschaftler. Er kannte den Text bereits auswendig.

„Na klar“, rief das Mädchen, „das bedeutet, wir sollten uns das Maul des Sphinx einmal näher ansehen.“ Axel machte ihr eine Räuberleiter und das Mädchen kletterte geschickt auf den steinernen Kopf, der ungefähr doppelt so groß wie Lilo selbst war.

„Und … kannst du etwas erkennen?“, erkundigten sich die anderen, als Lilo nichts von sich hören ließ.

„Ja! Ja!“, lautete Lieselottes Antwort. „Ich glaube, ich weiß jetzt, wie der Schlüssel des Al Katok funktioniert!“

SKLAVEN!

„Professor Karloff, geben Sie mir bitte den Stab!“, forderte Lilo den Archäologen auf.

Der Professor zögerte. „Wieso? Was hast du gefunden?“, wollte er zuerst wissen.

„Der Sphinx hat ein Loch im Maul. Ich meine, hier hat jemand ein dünnes Loch in den Stein gebohrt. Es hat genau die richtige Größe für den Metallstab. Reichen Sie ihn mir bitte herauf!“

Professor Karloff hatte eine Ledertasche umgehängt, aus der er nun den Schlüssel des Al Katok zog. Lieselotte ergriff ihn und steckte die Stange in das dünne Loch. Beim ersten Versuch hatte sie keinen Erfolg. Das Loch war mit Sand gefüllt und verstopft. Erst nachdem sie es ein wenig gereinigt hatte, ließ sich der geheimnisvolle Schlüssel hineinstecken. Immer wieder sagte das Mädchen im Geist den Spruch auf, der auf dem Papyrus stand: „… Er bringt den Sphinx zu Mittag zum Sprechen." Mit dem Sprechen konnte nur der Mund gemeint sein, aber was teilte ihnen die verfallene steinerne Figur mit?

„Ich … kann nicht mehr … die Hitze!", jammerte Dominik. „Die Sonne ist unerträglich. Ich brauche einen Hut. Wieso haben wir keinen mitgenommen?"

„Die Sonne!", rief Lieselotte. Na klar, das war es. Das Mädchen drehte nun den Stab so lange, bis das Licht der Sonne genau auf den großen Edelstein fiel. „Wie spät ist es?", erkundigte sie sich bei den anderen.

„Kurz nach zwölf Uhr!", teilte ihr Axel mit.

„Mittag!", jubelte das Superhirn. „Es ist Mittag! Da, seht nur!" Sie deutete auf den riesigen Steinsockel, der von der Pyramide übrig geblieben war. Er hatte die Größe eines Tennisplatzes und bot den Knickerbockern ein seltsames Spektakel. Der Edelstein bündelte nämlich die Sonnenstrahlen und warf einen gleißend hellen Fleck auf einen Stein. Die Helligkeit war so stark, dass die Junior-Detektive geblendet die Augen schlossen.

„Der Spinx spricht zu uns", murmelte Professor

Karloff. „Er sagt, dass wir an dieser Stelle suchen sollen."

Der Wissenschaftler hastete auf die Pyramide zu. Als er seine Hand auf den hellen Lichtfleck legte, schrie er auf und zog sie sofort zurück. Der Edelstein wirkte wie eine Brennlupe, die nicht nur das Licht, sondern auch die Wärme der Sonne auf einen kleinen Fleck konzentrierte. Lieselotte drehte den Stab so, dass der helle Lichtfleck verschwand. Nun konnte der Professor ohne Gefahr den Stein der Pyramide untersuchen. Er tastete mit den Händen darüber und betrachtete prüfend die tiefen Risse und Fugen rund um den Felsblock. Neugierig verfolgten die Knickerbocker seine Arbeit.

Der Professor klopfte gegen den Steinblock und ließ seine Finger darüber gleiten. „Da, seht nur", keuchte er aufgeregt und deutete auf einen Teil des Felsens, der wie herausgemeißelt und wieder eingesetzt erschien. Es war ein Steinzapfen, der da aus dem Sockel der Pyramide ragte. Professor Karloff ergriff ihn und drückte dagegen. Nichts geschah. Danach versuchte er daran zu ziehen.

„Ich glaub, mein Hamster jodelt!", japste Axel. Das Felsstück ließ sich herausziehen. Und nicht nur das. Es schien der Öffnungsmechanismus für eine große Tür zu sein. Der Block daneben schob sich nämlich nach innen und schwenkte zur Seite. Ein langer, grob gehauener Gang wurde dahinter sichtbar.

„Ein raffinierter Plan“, sagte Lieselotte. „Kein Mensch kommt auf die Idee, dass in dieser verfallenen Pyramide ein solches Geheimnis steckt. Ohne den Schlüssel des Al Katok ist es auch unmöglich, den Öffnungsmechanismus zu finden.“

„Kommt“, rief Professor Karloff. „Wir müssen hinein. Ich brenne darauf zu erfahren, was sich in dieser Pyramide befindet.“

Die Luft, die aus dem Gang wehte, war viel kühler als der Wüstenwind. Deshalb bedeutete das Betreten des düsteren Tunnels eine Erfrischung für die Knickerbocker-Bande.

„Einen Moment, ich hole nur meine Kamera. Die habe ich in der Satteltasche“, rief der Professor und eilte davon.

Mit angehaltenem Atem starrten die vier Junior-Detektive in die Dunkelheit. Das einfallende Licht erhellte den Gang nur spärlich. Beim Eingang konnten sie zwar Hieroglyphen erkennen, doch wohin er führte, blieb ein Rätsel. Langsam, Schritt für Schritt, wagte sich Lilo weiter vor. Die anderen drei blieben dicht auf ihren Fersen.

Sie hatten ungefähr fünf Meter zurückgelegt, als

es hinter ihnen knirschte. Die Knickerbocker wirbelten herum und schrien auf. Das steinerne Tor schwenkte zurück in seine ursprüngliche Position. „Herr Professor!“, brüllten die vier aus Leibeskräften, doch der Wissenschaftler war viel zu weit entfernt, um sie zu hören.

Der Gang erzitterte und dröhnte, als der Steinblock einrastete. Schwarz. Um die vier Freunde herrschte Finsternis. Axel kramte sofort seine Taschenlampe aus der Hosentasche und knipste sie an. Er hastete zum Eingang des Tunnels und stemmte sich gegen den Stein. Doch von innen ließ sich das Tor nicht öffnen.

„Professor Karloff kommt bestimmt sofort und öffnet von draußen“, sagte Lieselotte beruhigend zu den anderen.

Poppi biss auf ihre Lippe, bis sie den Geschmack von Blut spürte. Die muffige Luft, die Finsternis, die gespenstische Stille und die dicke Felsplatte, die sie von der Außenwelt trennte, jagten ihr eine Höllenangst ein. Doch sie wollte das unter keinen Umständen zugeben. Sie hatte keine Lust, immer als Super-Feigling dazustehen.

Lilo, die spürte, was in ihrer Freundin vorging, legte den Arm um ihre Schultern und sagte: „Bleib ganz ruhig!“

Doch dann geschah das Unfassbare. Hinter der Knickerbocker-Bande wurden Schritte hörbar. Erschrocken drehten sich Axel, Lilo, Dominik und Poppi um und starrten in die Dunkelheit. Der flackernde Lichtschein einer Laterne huschte über die Wände. Es gab also keinen Zweifel. Es kam jemand vom anderen Ende des Ganges.

Schwere, rasselnde Atemzüge ertönten und das Licht wurde heller. Ein Grauen erregender Schatten tauchte an der Wand mit den Schriftzeichen auf. Ihm folgte ein fetter Mann in einer zerschlissenen Jeans. Sein schwabbelnder Bauch war nackt und dreckig.

Lilo wusste sofort, an wen sie der Mann erinnerte. „Der sieht aus … wie der Bruder von … von diesem Krüppelmacher!“, stieß sie hervor.

Der Unbekannte zog eine Peitsche hervor und knallte damit. Er brüllte die Knickerbocker an und fuchtelte mit den Händen, die so groß wie Kohlenzangen waren, durch die Luft. Er wollte ihnen zu verstehen geben, dass sie ihm folgen sollten. Als sie dieser Aufforderung nicht sofort Folge leisteten, ließ er abermals die Peitsche durch die Luft zischen. Diesmal streifte ihr Ende Axel am Arm und der Junge schrie vor Schmerz auf. Eine dünne, rote Linie wurde unter dem Riss im Hemd sichtbar.

„Wir müssen tun, was er von uns will“, flüsterte Lieselotte. „Kommt, kommt!“

Poppi zog den Kopf ein und schauderte, als sie sich an dem Fettbauch vorbeizwängte. Wer war der Mann? Wie kam er in diese Pyramide, die doch angeblich seit Jahrtausenden niemand betreten hatte?

Wie vier Rinder trieb der Mann die zwei Jungen und die zwei Mädchen vor sich her durch den Steintunnel. Der Boden war von Felstrümmern übersät und machte das Vorwärtskommen schwierig. Immer wieder stürzte einer der Freunde und schlug sich dabei Arme oder Beine blutig. Der Mann hinter ihnen kannte kein Mitleid. Er hob jedes Mal nur drohend die Peitsche und wer nicht schnell genug aufstand, lief Gefahr, noch zusätzlich geschlagen zu werden.

Der Gang endete in einer etwas höheren und sehr breiten Kammer, von der zahlreiche weitere Tunnelöffnungen wegführten. Mehrere Petroleumlampen erhellten den Raum.

Poppi sah sich um und stieß Lilo in die Seite. „Was … was ist das?“, fragte sie aufgeregt.

Lieselotte traute ihren Augen nicht. Auf dem Boden lagen einfache Strohsäcke. Auch völlig verdreckte Kleidungsstücke – zerschlissene Hosen und Hemden – waren zu erkennen. Es stank bestialisch wie in einer öffentlichen Toilette und die Junior-Detektive hielten sich angeekelt die Nasen zu.

Der Mann, den die vier im Stillen bereits Sklaventreiber getauft hatten, stieß einen schrillen Pfiff aus und brüllte einige bellende Worte. Sofort begann es in den Gängen, die von dem unterirdischen Raum wegführten, zu knirschen und zu schaben. Selbst Lieselotte, die sonst sehr unerschrocken war, konnte nun einen Aufschrei nicht mehr unterdrücken. Aus den Löchern der Steinwand kamen nämlich Kinder zum Vorschein. Sie mussten ungefähr so alt wie die Knickerbocker sein und starrten alle vor Schmutz. Ihr Haar war verfilzt und schimmerte rötlich. Ein Zeichen, dass es schon Wochen oder Monaten nicht mit Wasser in Berührung gekommen war. DasWeiß der Kinderaugen war das einzig Helle in dem düsteren Raum.

Stumm musterten die Kinder Axel, Lilo, Poppi und Dominik. Eine tiefe verzweifelte Traurigkeit lastete auf ihnen. Die meisten ließen die Köpfe hängen und schienen völlig entmutigt und entkräftet.

Wieder bellte der Sklaventreiber etwas, worauf jeder Knickerbocker von einem Kind an der Hand gefasst und zu einem der Gänge gezogen wurde. Widerstrebend ließen die vier alles mit sich geschehen.

KEINE HOFFNUNG?

Auf allen vieren kroch Axel hinter einem kleinen Jungen her. Der Sand auf dem Boden scheuerte seine Knie wund und die scharfen Kanten der Steine ritzten ihn immer wieder an Armen und Beinen. Nach ungefähr zwanzig Metern waren sie am Ende des Ganges angelangt. Der Junge nahm eine kleine Hacke und klopfte damit gegen den Fels. Die Gesteinsbrocken, die er herausschlug, warf er in einen Blecheimer.

„Wozu … wozu tust du das?“, fragte Axel.

Der Junge verzog entschuldigend das Gesicht. Er verstand ihn nicht. Als der Eimer voll war, bedeutete er Axel, ihn zurückzutragen.

Dominik, Poppi und Lilo erging es nicht besser. Auch sie bekamen die Aufgabe, die Steine aus dem

Gang zu schaffen. Dominik atmete schwer. Die Luft in der niedrigen Röhre war knapp und voll Staub. Außerdem litt der Junge unter Platzangst. Er spürte immer wieder, dass ihn die Panik packte und er das Gefühl hatte, dass ihm die Tunneldecke auf den Kopf drückte. Die Gänge waren so niedrig, dass ein Vorwärtskommen nur auf allen vieren möglich war. Überdies waren sie aber auch noch so eng, dass man sich nicht umdrehen konnte. Im Rückwärtsgang mussten die Knickerbocker daher mit den Eimern nach draußen robben.

Fast gleichzeitig erreichten alle vier die niedrige Kammer, wo sie der Dickbauch schon erwartete. Er bedeutete ihnen mit der Peitsche, die Eimer auf eine Seite des Raumes zu stellen, wo bereits mindestens fünfzig weitere standen. Dann reichte er ihnen leere und beförderte sie mit einem Fußtritt wieder in die Gänge.

Es war die Hölle. Die vier Freunde waren beisammen und doch voneinander getrennt. Sie konnten kein einziges Wort miteinander wechseln und ihre Angst wuchs von Minute zu Minute. Axels Uhr zeigte bereits sechs Uhr abends. Seit fast sechs Stunden schufteten sie nun also bereits. Wann durften sie endlich aufhören? Ihre Glieder schmerzten so sehr, dass sie sich kaum noch bewegen konnten. Außerdem machte ihnen die stickige Luft schwer zu schaffen. Sie hatten ständig das Gefühl, nicht genug Sauerstoff zu bekommen und ersticken zu müssen.

Endlich, endlich war es so weit. Der Sklaventreiber pfiff und brüllte und die Kindersklaven kamen aus den Tunnels. In einem verklebten Kessel brodelte eine bräunliche Suppe, deren Inhalt nicht zu erkennen war. Jedes der Kinder holte nun einen Blechnapf unter seinem Strohsack hervor und ging damit zu der Feuerstelle. Widerwillig klatschte ihnen der Mann eine Portion hinein.

Die Knickerbocker hatten auch Hunger, doch das

schien den Fettbauch nicht zu kümmern. Er würdigte sie keines Blickes.

Verzweifelt und völlig entmutigt ließen sich die vier auf einen Strohsack sinken. Ein Mädchen und ein Junge kamen zu ihnen und boten den vier Freunden die Reste ihres Essens an. Der Gestank, der aus den Schüsseln stieg, machte es Axel, Lilo, Poppi und Dominik allerdings unmöglich, etwas davon hinunterzuwürgen.

„Das … das ist ja Wahnsinn!“, schluchzte Dominik. „Die Kinder und wir … wir werden als Sklaven gehalten. Aber wozu müssen wir die Gänge graben?“

Lieselotte zuckte mit den Schultern. „Ich glaube, auf diese Art soll die Grabkammer des Pharaos mit seinem Schatz gefunden werden. Die ägyptischen Herrscher wurden doch immer mit Bergen von Schmuck, goldenen Statuen, Streitwagen und anderen Kostbarkeiten bestattet.“

„Ich denke … ich habe den Eindruck, wir sind erwartet worden“, stammelte Axel erschöpft. „Das war … eine … eine Falle …!“

„Sklaven! Sklaverei ist verboten. Wer kann so herzlos sein und den Kindern diese Qualen antun?“, wimmerte Poppi.

Wieder sauste die Peitsche durch die Luft. Die

Pause war beendet. Die Kinder sprangen gehorsam auf und jedes schnappte einen Eimer. Der Sklaventreiber bedeutete den Knickerbockern, dasselbe zu tun. Im Gänsemarsch ging es nun den Hauptgang hinauf.

Lieselotte schöpfte Hoffnung. „Im Gang habe ich nirgends Steine gesehen. Das bedeutet … das heißt, die Steine werden nun nach draußen gebracht. Der Fettsack öffnet dazu die Felsentür und wir können hinaus."

Axels Antwort auf diese Vermutung war ein heiseres, spöttisches Lachen. „Nie … schaffen wir nie!", stöhnte er. Die Schmerzen in seinen Armen und Beinen wurden langsam unerträglich. Die dünnen Henkel der Eimer schnitten tief in seine Finger. Er wollte am liebsten umfallen und nie wieder aufstehen.

Lilos Herz jagte, als sie sich dem Ausgang näherten.

„Wenn Fliehen so leicht ginge, hätten es die Kinder längst getan!", keuchte Dominik.

„Nein", erwiderte das Superhirn, „denn sie wissen, dass sie sich mitten in der Wüste befinden. Ohne Kamel sind sie verloren. Das ist ihnen klar. Aber unsere Kamele sind bestimmt noch da."

„Glaube ich nicht!", jammerte Dominik.

„Hör auf zu jammern. Oder willst du hier verrecken?", brüllte Lieselotte.

„Schrei mich nicht an. *Du* warst wild darauf, Schatzsucher zu spielen. Ich nicht!", zischte Dominik. Von der Spitze des Zuges ertönte die donnernde Stimme des Fettbauchs. Augenblicklich verstummten die Knickerbocker. Sie hatten keine Lust auf die Peitsche.

„Leute, denkt daran, dass wir es schaffen. Denkt fest daran!", keuchte Lieselotte. „Das ist die einzige Rettung!"

Endlich waren sie am Ende des Ganges angelangt. Der Mann brüllte und alle drehten sich um, sodass sie mit dem Rücken zum Ausgang standen. Auch die Knickerbocker befolgten den Befehl. Als Lilo dennoch nach hinten spähte, knallte sofort die Peitsche und das Mädchen drehte augenblicklich den Kopf zurück.

Es knirschte und frische Luft schlug den Junior-Detektiven entgegen. Wieder schrie der Mann. Die Kinder-Karawane setzte sich abermals in Bewegung. Jedes Kind trat ins Freie und leerte dort schnell seinen Eimer aus. Danach kehrte es sofort in die Pyramide zurück und marschierte wieder zurück. Lieselotte war die Erste der vier Knickerbocker, die hinaustreten konnte. Vor ihr standen nur noch zwei kleine Ägypter. Fieberhaft überlegte das Mädchen, wie eine Flucht möglich sein könnte. Der Sklaventreiber stand breitbeinig vor dem Ausgang und ließ keines der Kinder aus den Augen. Er hatte die Peitsche drohend erhoben, bereit, sie jederzeit heruntersausen zu lassen.

Als Lilo an der Reihe war, ihren Eimer auszuleeren, war ihr noch immer keine Idee gekommen. Sie hatte das Gefühl, nicht mehr sie selbst zu sein. Wie ein Roboter ging sie um den Mann herum und bog wieder in den Gang ein. Aus! Es war aus! Flucht unmöglich!

Ein donnernder Knall und ein wütender Aufschrei ließ sie aus ihrer Verzweiflungsstarre aufschrecken. Das Mädchen drehte sich um und sah, dass der Fettbauch taumelte. Axel hatte ihm seinen vollen Eimer gegen das Bein geschleudert. Wieder einmal bewies Lieselotte nun, dass sie in den schwierigsten Situationen einen klaren Kopf bewahrte. Sie ließ ihren Blecheimer auf den Kopf des völlig überraschten Mannes niedersausen. Ein lauter Gong ertönte und der Dickbauch ging zu Boden.

Die ägyptischen Kinder, die das Ganze mit offenem Mund beobachtet hatten, rannten sofort herbei und setzten sich auf ihn. Sie pressten seine Arme nach hinten und umklammerten sie, so fest sie konnten. Dominik stürmte ins Freie und stieß einen Jubelschrei aus. Die Kamele waren noch da. Er rannte zu ihnen und durchsuchte die Sättel nach einem Strick, mit dem sie den Mann fesseln konnten. Als er keinen fand, zog er eine Decke unter einem der Sättel hervor und zerfetzte sie in schmale Streifen. Wenige Minuten später war der Sklaventreiber gefesselt und hatte ein klein bisschen Ähnlichkeit mit einer Mumie.

„Wir kommen wieder!", versprach Lilo den befreiten Kindern. Sie bedeutete ihnen, dass sie nun wegreiten, aber zu ihnen zurückkehren würden. Die Kinder schienen zu verstehen und winkten ihnen nach. Mit den Händen machten sie aber auch bittende Bewegungen, die bestimmt bedeuten sollten: Lasst uns nicht im Stich!

Alle Schmerzen und jede Erschöpfung waren vergessen. Die Knickerbocker kletterten auf die liegenden Kamele und klopften ihnen gegen die Hälse. Gehorsam erhoben sich die Tiere und begannen zu laufen.

„Verdammt! Verdammt!", schrie Lieselotte. „Verdammter Ziegenmist. Wir wissen doch gar nicht, in welche Richtung wir müssen."

Und von Professor Karloff war weit und breit keine Spur …

DER SANDSTURM

Wie ein glühend roter Ball senkte sich die Sonne langsam. Noch hatte sie den Horizont nicht erreicht. Das bedeutete, der Bande blieb ein wenig Zeit bei Helligkeit weiterzureiten und nach einer Piste oder Oase zu suchen. Die große Gefahr war aber nicht die drohende Dunkelheit, sondern die eisige Kälte, die hier in der Nacht herrschte. Die vier Junior-Detektive waren nur mit dünnen Sachen bekleidet und der Kälte hilflos ausgeliefert.

Mit einem Mal begannen die Kamele zu rennen. Sie trabten nicht, sondern galoppierten regelrecht los. Die vier Knickerbocker hatten alle Mühe, sich im Sattel zu halten. Ängstlich klammerten sie sich an ihren Reittieren fest und beteten, nicht hinunterzufallen. Das würde das sichere Ende bedeuten, denn die anderen Kamele würden bestimmt nicht stehen bleiben.

In Gedanken zerfetzte Lieselotte Professor Karloff in der Luft. Für sie stand fest, dass er der Schuft war, der sie in diese Falle gelockt hatte. Dominik hatte dafür sogar einen Beweis. Der Mann hatte nämlich gelogen. Er hatte den Knickerbockern von einem Krokodil erzählt, das einen Mann im Nil angefallen haben sollte. Krokodile und Nilpferde gab es jedoch in diesem Fluss schon lange keine mehr. Sie waren höchstens noch im Zoo von Kairo zu sehen. Dominik hätte sich ohrfeigen können, dass ihm das nicht schon früher eingefallen war.

„Wohin rennen die wilden Biester?“, brüllte Axel seiner Freundin Lilo zu.

„Ich weiß es nicht“, brüllte Lieselotte zurück. Gleich darauf beschloss sie, den Mund geschlossen zu halten. Ein starker Wind fegte nämlich über den Wüstenboden und wirbelte den Sand auf. Wie feine Nadelstiche fühlte es sich an, wenn die kleinen Körner auf die Haut prallten. Ihre Augen brannten bald, ihre Nasenlöcher wurden verklebt und zwischen ihren Zähnen knirschte es. Den Kamelen schien der Wüstenwind nichts auszumachen. Sie waren dafür bestens gerüstet, da sie ihre Nasenlöcher verschließen und die langen Wimpern wie schützende Vorhänge vor die Augen klappen konnten.

„Das Kamel des Professors ist fort. Das bedeutet, er ist weggeritten", fiel Lieselotte plötzlich ein. Das Mädchen hatte – wie seine Freunde – den Oberkörper flach auf den Sattel gepresst und das Gesicht schützend auf den Sattel gelegt. Nach ungefähr einer Viertelstunde spürte es aber plötzlich, dass sein Reittier langsamer wurde. Schließlich lief es nur noch im Schritt dahin. Der Wind wehte noch immer, aber durch das langsamere Tempo der Kamele war er nicht mehr so schmerzhaft.

„Wir sind in der Oase! Die Kamele haben uns zurückgebracht!", jubelte Dominik. Die anderen richteten sich überrascht auf und lachten und strahlten. Tatsächlich! Sie waren in der Oase, aus der sie am späten Vormittag weggeritten waren.

Die Kamele liefen zur Wasserstelle und begannen augenblicklich zu trinken. Sie nahmen sich nicht einmal mehr die Zeit, in die Knie zu gehen und ihre Reiter absteigen zu lassen. Also mussten die Knickerbocker-Freunde aus luftiger Höhe nach unten klettern, was nicht unproblematisch war.

Lilo grinste. „Ich glaube, ich weiß, warum der Junge so geschimpft hat", sagte sie zu den anderen. „So ein Kamel braucht einige Zeit zum Trinken, da es bekanntlich große Mengen Wasser aufnehmen und speichern kann. Vielleicht waren die Tiere mit dem Trinken noch nicht fertig."

„Die Rettung! Das war unsere Rettung, sonst wären wir nie wieder aus der Wüste zurückgekommen", keuchte Dominik.

Axel legte den Finger auf die Lippen und bedeutete den anderen, still zu sein. Sofort erkannten sie den Grund. Neben dem Wagen, in dem sie mit Professor Karloff gekommen waren, stand ein zweites Auto. Es war ein moderner und ziemlich neuer Geländewagen. Auf Zehenspitzen schlichen die Ju-

nior-Detektive hin und untersuchten ihn. Es war nichts an ihm, das auf den Besitzer hätte schließen lassen. Das Fenster war heruntergekurbelt und Axel streckte seinen Kopf in das Innere des Wagens. Er griff hinein und tastete herum. Schließlich kroch er wieder heraus und schuttelte den Kopf.

Lieselotte hatte in der Zwischenzeit eine Runde um den Jeep des Professors gedreht. Eines war ihr dabei sofort aufgefallen. Die Schlüssel steckten im Zündschloss. Lilo bedeutete den anderen zu ihr zukommen. Sie kauerten sich zwischen den Wagen hin und beratschlagten, was nun zu tun war.

„Wir müssen von hier fort", flüsterte Dominik.

„Kluges Kind", zischte Lilo. „Aber wie? Auf den Kamelen?"

Axel hatte eine Idee: „Ich … ich bin schon ein paar Mal Auto gefahren", sagte er leise. „Mein Onkel hat ein großes Grundstück und dort lässt er mich immer herumkurven. Ich meine, ich schaffe das. Wir müssen nur immer geradeaus fahren. Dann kommen wir zur Stadtgrenze von Kairo und steigen in ein Taxi. Wir sind bestimmt die Einzigen auf der Wüstenstraße. Es kann nichts geschehen."

Lilo nickte. Sie war einverstanden. Auch die anderen stimmten – wenn auch mit ziemlichen Bauchschmerzen – dem Plan zu.

„Kinder, wie … wie kommt ihr hierher?"

Wie vom Skorpion gestochen rasten die vier Knickerbocker in die Höhe. Lautlos war Professor Karloff von hinten zu ihnen getreten. Stumm starrten ihn die Junior-Detektive an. Was jetzt?

„Wie … wie seid ihr aus der Pyramide herausgekommen?", rief der Professor. Obwohl er neben den vier Freunden stand, sprach er äußerst laut.

„Wir hätten wohl auch als Sklaven drinnen bleiben sollen!", schnauzte ihn Lilo an.

Professor Karloff starrte sie fassungslos an. „Wovon redest du? Ich war völlig verblüfft, als sich das Tor wieder schloss, und bin sofort los, um Hilfe zu holen!"

„Und warum sind Sie dann hier? Mittlerweile sind über sieben Stunden vergangen!", sagte Axel.

Hinter dem Professor bewegte sich etwas. Eine Frau war aus der Hütte getreten. Poppi schrie auf und in der nächsten Sekunde war den anderen klar, warum. Die Frau war Dr. Schell.

„Mit wem redest du …?", begann sie zu sagen, stockte dann aber mitten im Satz. Sie starrte die Knickerbocker-Freunde wie eine Fata Morgana an und erstarrte zur Salzsäule.

„Blöde Kuh!", schimpfte der sonst so beherrschte Professor. „Hörst du denn nicht, wenn ich dich warne. Jetzt wissen die Biester alles." Bevor Professor Karloff noch einen klaren Gedanken über die Zukunft der Bande fassen konnte, war Lilo schon mit voller Wucht gegen ihn gesprungen. Sie warf ihn um und schrie: „Abfahrt! Axel, los!"

Der Professor hatte sich beim Sturz verletzt. Er kam nicht von alleine wieder in die Höhe. Dafür erwachte Dr. Schell aus ihrer Starre und eilte ihm zu Hilfe.

Die vier Junior-Detektive sprangen in den Jeep und Axel ließ den Motor an. Krachend legte er den Gang ein und ließ das Kupplungspedal los. Wie ein Hase hüpfte der Wagen nach vorn, sodass seine Insassen gegen die Scheiben geschleudert wurden. Axel trat voll auf das Gaspedal und raste los.

„Verfolg sie, sie dürfen nicht entkommen!", hörten die Knickerbocker Professor Karloff brüllen. Poppi blickte durch die Heckscheibe und meldete: „Dr. Schell ... sie steigt in den Geländewagen. Sie wird uns nachfahren."

Der Motor heulte laut und Axel werkelte verzweifelt am Schaltknüppel. Wieder krachte das Getriebe, doch dann hatte er bereits den dritten Gang eingelegt. Der Lärm des Motors wurde leiser und der Wagen sauste über die Asphaltstraße. Mit vereinten Kräften schafften es Axel und Lilo, die auf dem Beifahrersitz saß, sogar, die Schalter für das Licht und den Scheibenwischer zu finden. Es regnete zwar nicht, aber der Wind hatte sich nicht gelegt und schleuderte ständig Sand gegen die Windschutzscheibe.

„Die Schell ist bestimmt hinter uns. Steig aufs Gas!“, schrie Dominik. Axel, der den Wagen langsam im Griff hatte, fasste in seine Hosentasche und zog einen Schlüsselbund heraus. „Sie kann uns nicht nachkommen. Ich habe nämlich die Wagenschlüssel abgezogen!“, teilte er den anderen grinsend mit.

Der Wind wurde zum Sturm und pfiff immer heftiger. Die Sicht verschlechterte sich von Minute zu Minute. Axel hatte das Gefühl, mitten in einem Schneesturm zu stecken. Da war auch nicht mehr erkennbar als hier. Er verlangsamte die Geschwindigkeit und starrte mit weit aufgerissenen Augen auf den schwarzen Asphalt. Eine dünne Sandschicht hatte sich darüber gelegt und machte ihn da und dort dem Wüstenboden gleich. Trotzdem schaffte es der Junge, auf der Straße zu bleiben.

Nur einmal holperte er über den Fahrbahnrand hinaus, konnte den Jeep aber zum Glück wieder auf den Asphalt lenken.

Die Knickerbocker spürten eine unglaubliche Erleichterung, als die Lichter der Stadt vor ihnen auftauchten. Sie hatten Glück und erreichten bald ein großes, modernes Hotel, vor dem sie den Wagen abstellten. Völlig entkräftet torkelten sie in die Empfangshalle. Der Portier eilte auf sie zu und wollte sie sofort wieder hinausbefördern. Erst als die Junior-Detektive ihn auf Englisch ansprachen und um Hilfe baten, erkannte er, dass es sich nicht um bettelnde Kinder handelte.

„Bitte, rufen Sie im Hotel Nassa an und verlangen sie Stella Dominsky … oder Hamed!" Wie der Ägypter mit Nachnamen hieß, wusste Lilo gar nicht. Aber was spielte das jetzt für eine Rolle?

ENDLICH ERHOLUNG!

Zwei Tage später. Die Knickerbocker-Bande, Stella Dominsky, Hamed und Frau Klingmeier saßen auf der prachtvollen Terrasse des wunderschönen alten Hotels in Assuan. Ihr Tisch stand inmitten einer Palmengruppe und zwischen den dicken braunen Stämmen war das Glitzern des Nils zu erkennen. Hier, an seinem Oberlauf, war der Fluss wild. Er hatte sich seinen Weg durch Granitfelsen gebohrt, die noch immer wie schwarze Zähne aus den Fluten ragten.

Die Knickerbocker schlürften Pfefferminztee und waren noch immer ziemlich müde. Sie waren erst am Vormittag mit dem Flugzeug in Assuan angekommen und freuten sich, Frau Klingmeier endlich wiederzusehen. Es gab viel zu erzählen.

„Dein Chef ist ein Schwein!“, lautete Axels Urteil über Professor Karloff. „Er steckt mit Linda Schell unter einer Decke. Nicht nur das, die beiden sind sogar verheiratet und besitzen einen Palast in Luxor. Ihre Forschungsarbeit war immer nur Tarnung für ihre Gaunereien. Sie waren hochprofessionelle moderne Grabräuber. In der verfallenen Pyramide sollen sich übrigens gigantische Schätze von unglaublichem Wert befinden. Deshalb mussten die armen Kinder dort unter unmenschlichen Bedingungen graben.“

Hamed nickte. „Leider müssen viele Kinder in Ägypten arbeiten. Sie sammeln den Müll ein oder knüpfen Teppiche. Professor Karloff hat Kindern ein besseres Leben versprochen und sie dann in die Pyramide geschleppt, wo sie wie Sklaven schuften mussten.“

„Wir sollten auch dort verschwinden, nachdem es seiner Komplizin Linda nicht gelungen war, uns an die Krüppelmacher zu verkaufen“, berichtete Dominik. „Mit dieser Familie von Verbrechern stecken er und Linda nämlich unter einer Decke. Der Mann in der Pyramide war tatsächlich der Bruder des Krüppelmachers. Der Hass von Professor Karloff gegen uns war grenzenlos. Er hasste uns, weil wir die Diebstähle der Altertümer aufgedeckt hatten und dadurch die Diebsarbeit nicht mehr ungestört möglich war."

„In der Nacht war damals nicht die rote Mumie in seinem Zimmer, sondern Linda Schell. Der Professor machte ihr schwere Vorwürfe und die beiden begannen zu streiten. Daher der Lärm. Als wir sie überraschten, ist sie geflohen und Karloff hat um Hilfe gerufen, die Geschichte mit der roten Mumie und dann das Märchen von den Beduinen erfunden", schilderte Lilo die Vorgänge im Hotel. „In Wirklichkeit hat er diesen ‚Schlüssel des Al Katok' in einer anderen Grabstätte gefunden."

„Der Professor nahm unsere ‚Beseitigung' nun selbst in die Hand. Vermummt und mit einer großen Sonnenbrille getarnt verfolgte Linda allerdings jeden seiner Schritte", erzählte Dominik.

„Uns ließ er damals in der Nacht wecken und in einen Laden in den Basar kommen. Angeblich war er in Gefahr. In Wirklichkeit wurden wir dort niedergeschlagen und gefesselt. Es dauerte fast den ganzen Tag, bis wir uns befreien konnten", berichtete Stella.

Frau Klingmeier nickte. „Mich hat er sicher auch nur unter einem Vorwand nach Assuan geschickt. Sein Kollege hier war nämlich unauffindbar."

Axel regte sich noch immer auf, wenn er darüber

sprach: „Der Mann ist total wahnsinnig. Er wollte freie Bahn haben, um uns verschwinden zu lassen. Er hasst Kinder und sein Hass ist unbeschreiblich."

Frau Klingmeier konnte noch immer nicht verstehen, wieso sie für diesen Menschen je gearbeitet hatte.

Lilo blickte Hamed lange an und meinte schließlich: „Du kannst uns doch mehr erzählen … über die rote Mumie, nicht wahr? Die ist nämlich nach wie vor ein Rätsel."

Hamed schwieg eine Weile und nickte dann. „Ja, ich kann euch mehr erzählen. Seht hier meine Hand." Er zog den schwarzen Handschuh ab und streckte den anderen die Hand hin. Die Haut war von Narben übersäht und wirkte verbrannt und schlecht verheilt. „Ich war auch einer seiner Sklaven. Ich habe für ihn geschuftet, für dieses miese Stück!", zischte der Ägypter.

„In der Pyramide, in der die rote Mumie gefunden wurde", sagte Lilo.

Hamed nickte. „So ist es, du bist wirklich ein schlauer Kopf. Damals, nachdem wir die Grabkammer gefunden und geöffnet hatten, jagte uns Karloff einfach in die Wüste. Ich weiß nicht, was mit den anderen geschah. Ich hatte jedenfalls Glück. Ich wurde von einer Touristengruppe gefunden, die auf

Kamelen durch die Wüste ritt. Ein Ehepaar nahm mich mit und so bin ich in Österreich aufgewachsen. Die Schrecken von damals konnte ich aber nie vergessen, und nach meinem Studium bin ich nach Ägypten zurückgekehrt. Es ist mir gelungen die Pyramide zu finden, in der ich gequält worden war. Ich entzifferte die Inschrift über die rote Mumie und wusste, dass der Forscher, der uns das angetan hatte, sie kannte. Ich habe jahrelang nach ihm gesucht, bis ich endlich auf Karloff stieß. Ich war nicht sicher, ob er es tatsächlich war, denn die Erinnerung an sein Gesicht war ausgelöscht. Deshalb verfiel ich auf den Trick mit der roten Mumie. Ich wollte sehen, wie er reagiert. Ich bin ihm zweimal erschienen und er ist jedes Mal zu Tode erschrocken."

„Aber wieso hast du uns erschreckt?", wollte Poppi wissen.

„Ich hatte Angst um euch. Ich fürchtete, dass euch Karloff etwas antun würde, und wollte euch vertreiben. Als ihr erwartet wurdet, war ich allein im Lager. Ich habe überlegt, wie ich euch abschrecken könnte. Deshalb habe ich am Flughafen angerufen und mich nach der Ankunft eures Flugzeugs erkundigt. Als ich von der großen Verspätung erfuhr, war mein Plan klar. Ich habe einen Taxifahrer beauftragt, euch abzuholen und zu dem Grab zu bringen.

Dort habe ich euch bereits erwartet. Allerdings war das Verschließen der Steinwand nicht geplant. Ich bin nach oben und durch den normalen Ausgang hinaus. Ich habe euch beobachtet und gesehen, wie sich der Mann an euch heranmachte. Er arbeitete für Karloff und ich glaube nicht, dass er Gutes im Schilde führte. Daher musste ich noch einmal spuken."

„Und ich bin zu dem Grabmal gekommen, weil Hamed so lange ausgeblieben ist. Schließlich sind wir befreundet und ich wollte sehen, wo er bleibt", erklärte Stella Dominsky.

„Dann war Hamed auch der Mann, den Sie damals in der Nacht getroffen haben?", erkundigte sich Dominik.

Stella bejahte.

„Die Kobra … was war mit der?", fragte Lilo.

Hamed atmete tief durch. „Sie war für Karloff bestimmt, nicht für dich. Meine Wut auf diesen Mann war grenzenlos und ich … nun ja … ich wollte mich rächen. Ich bin froh, dass alle Versuche fehlgeschlagen sind."

„Wieso hast du den Stein von der Säule des Tempels auf mich geworfen?", wollte Axel wissen.

Hamed wehrte ab. „Das war ich nicht. Das war Linda Schell. Ich bin froh, dass Karloff uns noch zu der Pyramide geführt hat. Die Kinder sind nun frei und in ein Heim gebracht worden. Es wird lange dauern, bis sie die Schrecken der Gefangenschaft vergessen haben.“

Stella Dominsky blickte die Knickerbocker-Bande bewundernd an und stellte fest: „Ihr habt eine richtige Mafia hochgehen lassen. Linda Schell und Karloff haben entsetzlich gewütet. Ein Großteil der Kunstschätze, die sie verschwinden ließen, liegen in Tresoren privater Sammler und sind für immer verloren.“

Für einige Minuten schwiegen alle. Dann aber meinte Hamed: „Es nützt nichts, über verschüttete Milch zu weinen. Wir werden weiter suchen und sicher noch viele Wunder des alten Ägyptens entdecken.“

Lilo nickte. „Wir müssen gar nicht suchen, wir stolpern immer von allein in unsere Abenteuer“, sagte sie. Die anderen lachten zufrieden und freuten sich über den großen Erfolg der Knickerbocker-Bande.

Die vier – Axel, Poppi, Dominik und Lieselotte – verbrachten noch eine wunderbare Woche in Ägypten. Doch dann ging es wieder zurück in die Schule. Das nächste Mal würden sie sich erst in den Sommerferien sehen. Was sie da wohl erwarten würde?

ALEXANDRIA
PORT SAID
TANTA
SUEZ KANAL
KAIRO
GIZA
MEMPHIS
SUEZ
SINAI
EL-FAYUM
SIWA
LIBYSCHE WÜSTE
ARABISCHE WÜSTE
EL-MINIA
FARAFRA-OASEN
ASSIUT
NIL
QENA
ROTES MEER
THEBEN
KARNAK
DACHLA-OASEN
LUXOR
EL-CHARGA
ÄGYPTEN
ASSUAN
NASSERSTAUSEE
0
300 km
ABU SIMBEL

DER KNICKERBOCKER-BANDENTREFF

Werde Mitglied im Knickerbocker-Detektivclub!
Unter www.knickerbocker-bande.com **kannst du dich als Knickerbocker-Mitglied eintragen lassen. Dort erwarten dich jede Menge coole Tipps, knifflige Rätsel und Tricks für Detektive. Und natürlich erfährst du immer das Neueste über die Knickerbocker-Bande.**

Hier kannst du gleich mal deinen detektivischen Spürsinn unter Beweis stellen – mit der Detektiv-Masterfrage, diesmal von Dominik:

WERTER DETEKTIVKOLLEGE,

der Fall „Rote Mumie“ war ein wirklich gefährliches Abenteuer, das für uns beinahe ein schlimmes Ende genommen hätte. Wenn ich daran denke, dass wir womöglich in dieser widerwärtigen Pyramide vermodert wären oder – auch nicht viel besser – uns zu Tode geschuftet hätten … Ich kann mir bis heute nicht verzeihen, dass ich Professor Karloff nicht früher auf die Schliche gekommen war. (Du magst mir meine Ausdrucksweise nachsehen, meine Detektivkollegen regen sich ja unverständlicherweise hin und wieder darüber auf …)

Ich erlaube mir nun, deine geneigte Aufmerksamkeit zu testen: Wie kam ich darauf, dass Professor Karloffs Geschichte über den Schlüssel von Al Katok nicht stimmen konnte?

Die Lösung gibt's im Internet unter
www.knickerbocker-bande.com
Achtung: Für den Zutritt brauchst du einen Code. Er ergibt sich aus der Antwort auf folgende Frage:

Nach welchem Pharao ist die höchste der berühmten Pyramiden von Giseh benannt?

Code	
54708	Mykerinos
74085	Chephren
47085	Cheops

Und so funktioniert's:
Gib jetzt den richtigen Antwortcode auf der Webseite unter **MASTERFRAGE** und dem zugehörigen Buchtitel ein!

Auf ein baldiges Wiedersehen
dein

Dominik

HALLO THOMAS!

Wolltest du schon immer Schriftsteller werden?
Zuerst wollte ich Tierarzt werden, aber ich habe beim Studium schnell erkannt, dass das kein Beruf für mich ist. Geschichten habe ich mir immer schon gerne ausgedacht und geschrieben habe ich auch gerne. Allerdings nicht in der Schule, denn meine Deutschlehrer waren immer nur auf Fehlerjagd. Geschrieben habe ich mehr für mich und durch viele Zufälle ist aus dem Hobby ein Beruf geworden.

Wie lange brauchst du für ein Buch?
Ganz unterschiedlich. An guten Tagen schaffe ich etwa 20 Buchseiten. Es gibt auch Tage, an denen ich nur wenig schaffe. Trotzdem setze ich mich immer hin. Ich höre übrigens immer mitten im Satz zu schreiben auf.
Am nächsten Tag fällt das Anfangen dann viel leichter.

Erfindest du alles, was in deinen Büchern steht, oder recherchierst du viel?
Natürlich recherchiere ich, wenn es das Thema verlangt. Sehr gründlich. Das ist auch wichtig für mich, weil ich mich sonst beim Schreiben nicht sicher fühle. Zum Recherchieren bin ich schon U-Boot gefahren, durfte einmal als Flugschüler ein kleines Flugzeug steuern, habe einen Sturzflug miterlebt, Tierpfleger bei der Arbeit begleitet, lange

Gespräche mit Tierschützern geführt und viele Städte und Länder bereist. Die Geschichten selber entstehen natürlich in meiner Fantasie.

Woher nimmst du eigentlich deine Ideen?
Hm, das ist mir selbst ein Rätsel. Sie kommen ganz einfach. Ich ziehe Ideen an wie ein Magnet … Ich halte Augen und Ohren weit offen und fange sie auf diese Weise ein. In meinem Kopf reifen sie dann. Manche ein paar Wochen, andere ein paar Jahre. Von 1000 Ideen setze ich aber nur vielleicht 30 um. Ich sammle ständig und überall. Oft genügt ein winziger Anstoß und auf einmal wächst daraus die Geschichte.

Entstehen deine Geschichten erst beim Schreiben am Computer oder hast du sie schon vorher ganz genau in deinem Kopf?
Mehr als zwei Drittel sind fertig, wenn ich mich zum Schreiben hinsetze. Ich notiere jede Idee in einen Mini-Computer, den ich immer dabeihabe, aber nur aus einigen werden dann Geschichten. Manchmal braucht das „Wachsen“ ein paar Wochen, manchmal ein paar Jahre.

Was ist das für ein Gefühl, wenn man so bekannt ist?
Ich finde es toll, wenn ich Briefe und E-Mails von Lesern bekomme, die mir erzählen, wie viel Spaß und Spannung sie beim Lesen hatten. Das ist für mich ein wunderbares Gefühl. Schließlich schreibe ich nicht, um bekannt zu sein, sondern weil es für mich die tollste Sache der Welt ist.

Ravensburger Bücher

20 Jahre Knickerbocker-Bande

ISBN 978-3-473-**47161**-4

ISBN 978-3-473-**47162**-1

ISBN 978-3-473-**47163**-8

ISBN 978-3-473-**47164**-5

ISBN 978-3-473-**47165**-2

www.knickerbocker-bande.de

Ravensburger

KBB_09_086

Ravensburger Bücher

Ein Grund zum Feiern!

ISBN 978-3-473-**47167**-6

ISBN 978-3-473-**47166**-9

Jeder Titel nur € [A] [D] 5,- Streng limitiert!

ISBN 978-3-473-**47168**-3

ISBN 978-3-473-**47169**-0

ISBN 978-3-473-**47170**-6

www.knickerbocker-bande.de

Ravensburger

KBB_09_087

Ravensburger Bücher

Habe ich	Fehlen mir		ISBN 978-3-473-
O	O	**Das Gold des Grafen Drakul**	47168-3
O	O	**Das Internat der Geister**	47095-2
O	O	**Der Computerdämon**	47098-3
O	O	**Der Turm des Hexers**	47088-4
O	O	**Das Amulett des Superstars**	47124-9
O	O	**Wenn der Geisterhund heult**	47089-1
O	O	**Das Mädchen aus der Pyramide**	47090-7
O	O	**Spuk im Stadion**	47096-9
O	O	**Im Bann des Geisterpiraten**	47099-0
O	O	**Die Monstermaske der Lagune**	47169-0
O	O	**Der Meister der Dunkelheit**	47170-6
O	O	**Der Spinnenmagier**	47155-3
O	O	**Das Kabinett des Dr. Horribilus**	47127-0
O	O	**Fußball des Schreckens**	47150-8
O	O	**Das Geheimbuch für Detektive**	47139-3

Die Knickerbocker-Bande

LESEPROBE

Das fremde Holzschiff wirkte zwar etwas altmodisch, es musste aber mit hochmoderner Technik ausgestattet sein.

Elroy war bei Herrn Klingmeier auf der Kommandobrücke geblieben und half ihm, die Jacht auf Kurs zu halten. Über ein akkubetriebenes Funkgerät standen die beiden mit Axel und seinen Freunden im Salon in Verbindung.

„Alles in Ordnung bei euch dort unten?“, erkundigte sich Herr Klingmeier.

„Bisher ist noch keiner seekrank!“, meldete Axel.

Beim wilden Schaukeln der Jacht grenzte das an ein Wunder.

Poppi kauerte auf dem Sofa, das in einer Ecke an die Wand gebaut war. Dominik hockte auf dem Boden und summte vor sich hin. Es war ein Trick, seine

Angst zu überspielen. Lilo stand an der Scheibe der Tür und blickte in den Regen hinaus.

Der Mann mit dem Umhang war an Deck des anderen Schiffes nicht mehr zu sehen. Lilo hatte einen Moment lang gedacht, sie seien in die Dreharbeiten eines Films geraten. Solche Schiffe und Leute gab es doch nur im Kino.

Oder?

„Die *Dysderidae* schleppt uns zu einer Insel!“, berichtete Herr Klingmeier von oben.

Poppi horchte auf. „*Dysderidae*? Was ist das für ein Name?“

Dominik war dankbar, etwas anderes tun zu können, als auf dem Boden zu sitzen. Sich links und rechts an den Handläufen festklammernd, kletterte er die steile Treppe hinunter zu den Kajüten. Dort kramte er in seiner Tasche herum und holte sein neues Handy heraus. Er war sehr stolz darauf, hatte aber im Indischen Ozean keinen Empfang. Trotzdem war es ihm jetzt nützlich. Er hatte darin ein Lexikon gespeichert, in dem er den Namen des Holzschiffes nachschlagen konnte.

Als er zu den anderen zurückkehrte, hatte er überraschende Neuigkeiten: „*Dysderidae* bedeutet übersetzt ‚Sechsaugenspinne‘.“

„Hochinteressant“, staunte Lilo.

Durch die Fenster an der Seite der Jacht konnten

sie den flachen grünen Streifen einer Insel vorbeiziehen sehen. Von einem Landungssteg kam ein wendiges Schnellboot gefahren. Tapfer kämpfte es sich durch Wind, Wellen und Regen.

„Das Boot wird euch auf die Insel bringen. Geht an Bord!“, befahl Herr Klingmeier.

Am Schnellboot wurden ballonartige Wülste auf die Außenbordwand gehängt. Sie sollten das harte Zusammenstoßen von Jacht und Boot verhindern. Zwei Matrosen in weiß-blauen Regenjacken arbeiteten mit sicheren Handgriffen und riefen dann auf Englisch in die Richtung der Jacht, dass die Passagiere an Deck kommen sollten.

„Nehmen wir unsere Taschen mit?“, wollte Poppi wissen.

„Besser nicht!“, entschied Lilo. „In diesem Unwetter wird sonst alles nass. Unsere Jacht wird schon nicht sinken.“

„Papa kann doch nicht weiter auf der Kommandobrücke bleiben“, meinte Axel, der sich um seinen Vater Sorgen machte.

„Er weiß, was er tut!“, beruhigte ihn Lilo.

Sie trat als Erste in das Tosen hinaus. Poppi folgte ihr. Lilo half dem jüngsten Mitglied der Bande zum Heck, wo sich eine Tür in der hinteren Schiffswand befand.

Das Schnellboot war so nah, dass die Matrosen

große Haken ausstreckten und es damit ganz dicht an die Jacht heranzogen.

Lilo öffnete die Klappe und bugsierte Poppi in die Öffnung. Starke Arme griffen nach ihr und zogen sie an Bord. Dominik war der Nächste, Axel der Dritte. Lilo bildete den Abschluss.

Die Matrosen begrüßten sie freundlich und führten sie in den überdachten Bereich. Sie reichten ihnen weiche Handtücher, in die sich die vier einwickelten.

„Mein Vater und Elroy sind noch drüben!", machte Axel die Bootsbesatzung aufmerksam.

Die dunkelhäutigen Männer nickten wissend.

„Wir bringen euch an Land, unsere Kollegen kümmern sich um die anderen und die beiden Schiffe. Keine Bange, wir haben alles im Griff", sagte der Größere der beiden.

Lilo sah, dass sich noch zwei weitere kleinere Boote vom Steg lösten und Kurs auf das Holzschiff und die Jacht nahmen.

Es war ein Meisterstück des Mannes am Steuerrad, das Schnellboot so dicht an den Landungssteg zu lenken, dass die Knickerbocker-Bande aussteigen konnte.

Am Steg warteten bereits zwei Männer in Regenjacken. Sie halfen ihnen aus dem Boot und über die nassen Holzplanken an Land. Beide waren dunkelhäutig und hatten strahlend weiße Zähne, die sie wohl gerne zeigten. Das Unwetter schien ihnen die gute Laune nicht verderben zu können.

Die Knickerbocker erreichten einen Sandplatz mit vielen Palmen, Holztischen und Stühlen. Sie sahen ein offenes Haus mit vorstehendem Strohdach. Dorthin wurden sie geführt.

Unter dem Dach erwarteten die vier riesige Sessel mit mächtigen orangefarbenen Kissen. Eine Frau in einem hellen Leinengewand verteilte an sie T-Shirts und lockere Hosen, dazu noch mehr Handtücher. Freundlich sagte sie auf Englisch: „Zieht euch um. Dann gibt es gleich etwas zu trinken. Willkommen auf Tenoja-Island!“

Nachdem die Freunde in einem großen Vorraum der Toilette in die trockenen Sachen geschlüpft waren, kehrten sie zu den gemütlichen Sesseln zurück. Ein Kellner reichte ihnen große Tonbecher mit dampfendem Tee.

Durch den Regen hatte sich die Luft etwas abgekühlt. Es war aber immer noch ziemlich warm.

„Habt ihr Hunger? Wie wär’s mit Hamburgern? Oder lieber Sushi? Oder Hähnchen? Oder Spaghetti? Oder Pizza?“ Die Frau sah von einem zum anderen.

Poppi wollte Spaghetti mit Tomatensoße, Dominik Sushi, Axel einen Hamburger und Lilo Pizza.

„Mein Name ist übrigens Ronda und ich bin die

Direktorin dieser Ferienanlage", stellte sich die Frau ihren Gästen vor.

Vom Steg kamen Herr Klingmeier und Elroy, beide hatten sich in große Badetücher gehüllt. Ihre Haare klebten nass am Kopf.

„Ein großartiger Service hier, vielen Dank!", sagte Herr Klingmeier immer wieder. Er deutete hinter sich. „Die netten Leute kümmern sich um die Jacht und verankern sie draußen. Wenn der Sturm vorbei ist, wollen sie uns helfen, das Schiff wieder in Gang zu bekommen."

„Was ist mit der *Dysderidae*?", fragte Lilo.

Herr Klingmeier sah sie verständnislos an. „Mit wem?"

„Mit dem Holzschiff, das uns abgeschleppt hat."

„Ach, mit dem! Seltsamer Name."

„Sechsaugenspinne", erklärte Dominik.

Axels Vater runzelte die Stirn. „Wie?"

Einer der Männer, die ihnen aus dem Boot geholfen hatten, erstattete auf Englisch Bericht: „Das Schiff, das euch in die Nähe dieser Insel gebracht hat, ist weitergefahren. Nicht ganz ungefährlich bei diesem Sturm."

Der andere blickte auf einmal düster drein, als hätte ihm etwas die gute Laune verdorben.

„Hauptsache, er hat seinen Fuß nicht auf die Insel gesetzt", murmelte er.

Lilo entging nicht, dass Ronda ihm einen warnenden Blick zuschleuderte. „Ravi, bring unsere Gäste in die Villa vierundsechzig“, ordnete sie mit sehr strengem Unterton an.

Mit bockigem Gesichtsausdruck fuhr Ravi trotzdem fort: „Wenn er je auf diese Insel kommt, bleibe ich keinen Tag länger und andere auch nicht.“

„Schluss jetzt!“ Ronda stampfte energisch mit dem Fuß auf. „Führe endlich die Gäste in ihre Villa.“ Sie wandte sich lächelnd an Herrn Klingmeier und die vier Knickerbocker. „Sie können selbstverständlich auf der Insel bleiben, bis das Unwetter vorbei und Ihr Schiff wieder seetüchtig ist.“

„Danke!“ Herr Klingmeier klang erschöpft.

„Nur ein paar kleine Hinweise!“ Ronda tippte die Fingerspitzen beider Hände aneinander. „Wundern Sie sich bitte nicht, dass auf unserer Paradiesinsel niemand Schuhe trägt. Es gibt weder Zeitungen noch Fernsehen oder Handyempfang. Hier herrschen fast schon Zustände wie auf Robinson Crusoes Insel – nur viel luxuriöser.“ Sie lachte kurz. „Auch wenn unsere Villen vielleicht einfach aussehen, finden Sie allen Komfort, den Sie sich wünschen. Das garantiere ich Ihnen.“

Herr Klingmeier deutete auf Elroy, der sich die Wassertropfen aus den rotblonden Locken schüttelte.

„Unser Matrose braucht auch eine Unterkunft."

Die Direktorin nickte. „Selbstverständlich. Wir haben einen Raum für ihn, allerdings liegt er auf der anderen Seite der Insel." Sie nannte die Zimmernummer und zeigte in die Richtung, die Elroy einschlagen musste.

Ravi hatte mehrere riesige Regenschirme gebracht, die er verteilte. Es mussten sich immer zwei Leute einen teilen. Lilo konnte es so einrichten, dass sie unter Ravis Schirm ging. Diese Gelegenheit wollte sie nutzen.

Auszug aus
„Der Spinnenmagier"
von Thomas C. Brezina
Krimiabenteuer Nr. 67
ISBN 978-3-473-47155-3